이것은 엄마라는 책에 관한 이야기다

오토바이 타는 여자

이것은 엄마라는 책에 관한 이야기다

임수진 지음

달아실

일러두기

1. 본문의 시는 대부분 김정임(임수진 작가의 어머니) 시인의 시집 『아직은 햇살이 따스한 가을날』에서 인용하였음.
2. 인용 시에서 하단의 >는 '단락 공백 기호'로 다음 쪽에서 한 연이 새로 시작한다는 표시임.
3. 인용 시는 현재 맞춤법에 따라 교정을 본 것으로 원문과 다름.

엄마가 나를 낳았으니, 이제 내가 엄마를 낳겠어요

여자는 시를 썼다.

대학을 다니던 시절 시동인
회 활동을 했고 이후 교사 생활을 하면서도 계속해서 시를 썼
다. 선배들과 교수님들도 여자가 시를 계속 쓰길 기대했고, 등
단할 것도 권유하였다. 하지만 언제부턴가 여자는 시와 멀어졌
고, 등단을 위해 애쓰지도 않았다. 글벗들이 모두 좋은 시인으
로 성장해갈 때, 그녀는 더 이상 시를 쓰지 않았다. 모두들 그
녀가 시를 잃어버린 줄 알았다.

나는 커가며 여자에게 묻곤 했다. 왜 더 이상 시를 쓰지 않
았냐고. 왜 등단을 하고 시인으로서 성장하겠다는 꿈을 꾸지
않았냐고. 여자는 삶이 너무 고달팠노라 했다. 촌각을 쪼개 살
며 오토바이를 타고 바쁘게 달려가는 삶 가운데 종이 위에 써
내려가는 시는 너무 사치스러웠노라 했다. 여자는 시를 마음에
썼노라 했다. 진짜 시는 내 마음에 쓰는 거라고, 나는 내 마음

에 빨래처럼 시 한 조각 한 조각 널어가며 그렇게 살았노라고 했다. 그렇게 나의 시는 너희가 되었노라고 했다.

나는 여자에게 후회하지 않느냐고 물었다. 젊은 시절 쓴 시. 젊은 날 한 권의 시집으로 끝나버린 시인의 꿈에 미련이 남지 않느냐 물었다.

여자는 후회하노라 했다. 삶을 좀 더 길게 보았다면, 조금 더 세상을 알았다면, 지금도 누군가가 읽어주는 시를 쓰기 위해 노력했을 것이라 말했다.

여자는 후회하지 않노라 했다. 여자의 마음에 차고 넘치던 시절의 시가 남아 있기에 후회하지 않노라 했다. 여자의 시가 딸들이 되고, 가정 시간에 학생들에게 들려주던 이야기가 되고, 자수가 되고, 삶이 되었기에 후회하지 않노라 했다.

이 글에 실린 시들은 대부분 여자의 20대, 30대 시절의 시를 40대 중반에 묶어 펴낸 여자의 첫 번째이자 마지막 시집(김정임, 『아직은 햇살이 따스한 가을날』, 대교출판사, 1993)에 수록된 것을 옮긴 것이다.

그동안 홀로 썼던 시를 모아 여자가 40대에 펴냈던 작고 소중한 한 권의 시집. 오랜만에 이 시집을 발견한 후 나는 홀린 듯 며칠을 여자의 시에 빠져 지냈다. 유전이라는 것, 모녀지간이라는 것은 시 속에도 DNA가 박제되어 있는 것인지…. 읽으면서 내가 쓴 시인가 하는 생각이 자주 들었다. 나는 시를 써본 적도 없고, 이런 시를 쓸 수도 없다. 그럼에도 만일 내가 시인이라면 이런 시를 쓰지 않았을까 싶은, '나의 감성'을 여자의 시에서 발견했다. 나는 시는 쓸 수 없으나 여자의 시와 함께, 여자의 이야기를 들려주고 싶다고 생각했다. 그리고 쓰기 시작한 것이 여기 이 이야기들이다.

신기한 일이다. 여자가 한 권의 시집을 낸 것이 여자의 나이 마흔여섯 때였다. 그리고 내 나이 곧 마흔여섯을 앞두고, 여기 여자의 시와 나의 이야기를 이렇게 세상에 내어놓는다. 이 또한 '글의 운명'의 한 부분이 아닌가 생각하게 된다. 내가 이 나이가 되지 않고서, 여자가 내내 시를 멀리하고 있다가 갑작스레 한 권의 시집을 출간하게 된 것을 어찌 이해했을까. 여자의 진한 삶과 시를 어찌 이해하고 글을 썼을까.

시간을 돌고 돌아 여자의 시와 이야기는 그렇게 내 앞에 있다. 여자의 인생이 내 앞에 있다.

2022년 11월
임수진

졸저 『안녕, 나의 한옥집』
에 썼던 글이지만 다시 소
개한다. 이번 책을 낳은 자
궁이고 출발점인 까닭이다.

오토바이
타는 여자

여자의 집은 홍성이었다. 정비공장 집 일곱 남매의 맏딸이었고, 어릴 적부터 야무지고 똑똑하기로 근방에서 소문난 처녀였다. 여자는 꿈이 많았고, 시를 썼고 그림을 그렸다. 여자의 호는 '구름이 머무는 곳', '운주(雲州)'였다. 흰 구름처럼 아름다운 사랑과 서정을 꿈꾸었다.

그 남자에게서는 방황의 소식이 들렸다. 여기저기서 바람결에 소식이 날아들었다. 부산에서도 서울에서도 또 어딘가에서도. 바람 따라 떠도는 자신을 잡아주길 바라는 남자의 마음을 여자는 느꼈다. 남자의 방황을 멈추고 싶었고 자신에게 그런 힘이 있을 거라고 믿었다. 그리고 그에게 보낸 편지는 돌고 돌아 그를 그녀에게 데리고 왔다.

1972년 4월. 홍성의 한 초등학교 강당에서는 결혼식이 열렸다. 사람들이 많이도 모였다. 누군가는 쌀가마니를 가져왔고, 누군가는 계란 두 줄을 가져왔다. 축의금을 세어준다고 돈을 챙겨간 여자의 동료 선생들은 그날 밤 그 돈으로 진탕이 되도록 술을 마셨다.

온양에서 신혼여행을 마치고 여자는 한옥집으로 갔다. 앞뒤로 바람이 통하는 시원한 대청마루에서 색종이를 오려 연지곤지를 붙이고 폐백을 드렸다. 4월의 한옥집은 아름다웠다. 흰모란 붉은 모란이 흐드러지게 피었고, 목련은 서럽도록 우아했다. 봄부터 붉은 단풍나무는 유독 그해 봄 더욱 붉게 타올랐다. 한옥집 정원의 휘몰아치듯 아름다운 모습에 여자는 가슴이 두근거렸다. 따스한 볕이 들고 부드러운 바람이 부는 4월의 한옥처럼 그녀의 결혼생활도 그리 아름답길 꿈꿨다.

그렇게 여자는 한옥집에서의 삶을 시작했다. 한복을 곱게 차려입은 여자는 아침저녁으로 시부모님께 문안을 드렸다. 하루는 저녁인사로 "아버님 어머님 편히 쉬세요."라고 했더니 서울서 와 계시던 고모님께서 그 말은 어른이 아랫사람에게 쓰는 말이라 하셨다. 큰 한옥살이에서 바지런하신 시어머니는 어려웠고, 큰 나무처럼 든든하던 시아버지는 얼마 후 중풍으로 쓰러지셨다.

일하는 사람이 몇씩 있어도 한옥집 살림은 크고 버거웠다.

소문난 살림 솜씨의 시어머니에게 여자는 부족한 며느리였다. 게다가 여자는 계속 학교 선생을 했다. 직장생활에 시부모 봉양에 만삭이 된 여자는 매일매일이 힘겨웠지만 작은 몸으로 악착같이 버텼다. 일하는 사람들에게 본이 되어야 한다는 시어머님의 말씀에 어둑어둑한 새벽부터 일어나 아침을 거들고, 학교에 나가 밤 10시경 야간자습 감독까지 하고 집에 들어오는 일이 허다했다. 직장을 그만두라는 큰시누의 혼쭐도 들었다. 하루는 잠옷을 입고 있다가 시어머니가 밤늦게 교회에서 오시는 소리를 들었다. 잠옷이 부끄러워 방 안에서 인사를 했다. "옷 갈아입고 나오거라." 처음으로 호된 꾸지람을 들었다. 여자의 눈물은 밤새 멈추지 않았다.

　임신 중에 집안에 추도식이 있어 다양한 음식 준비를 하면 그게 그렇게 먹고 싶었다. "제사 음식은 손대는 것 아니다."라는 단호한 어머님의 말씀에 감히 먹을 생각을 못 했다. 친정어머니가 보고 싶었다. 둘째딸이 장이 꼬여 호되게 아팠을 때 여자는 사표를 냈다. 하루라도 더 아기 곁에 있어주고 싶었다. 그러나 교장 선생님은 시간을 두고 생각하라 하셨고 사표를 서랍에 넣어두셨다. 거꾸로 매달아도 시간은 흘렀다.

여자에겐 세 딸들이 태어났다. 아들을 못 낳았다는 죄책감이 늘 있었지만 그래도 세 딸들은 씩씩하게 자랐다. 여자도 한옥살이에 요령이 생겨갔다. 시어머니 허락 없이 세탁기를 사 왔더니 "손모가지가 부러져도 저기에 빤 옷은 못 입는다." 하셨다. 하지만 여자는 처음엔 몰래몰래, 나중에는 시어머니도 사용하시게끔 했다.

여자는 점점 강해졌고, 한옥살이에 익숙해져 갔다. 매일매일 세 아이를 키우며 기동성 있게 움직여야 했던 그녀는 공주 시내 최초로 '오토바이 타는 여자'가 되었다. 수업을 하다가 점심시간에 나와 시장도 다녀오고 아이들 소풍에 가서 김밥을 함께 먹고 오기도 했다.

아침이면 원피스를 휘날리며 하얀 모자를 쓰고 오토바이를 타고 달리는 여자의 모습은 시내의 명물이 되었다. 오토바이 앞에 딸 하나, 뒤에 딸 둘을 태우고 다니는 모습도 사람들의 시선을 끌었다. 그녀를 시작으로 시내의 여교사들도 하나둘씩 오토바이를 타기 시작했다. 오토바이 가게에서 고맙다며 추석에 갈비를 보내왔다. 한번은 오토바이를 타고 가다가 작은아이가 말했다. "엄마, 언니가 없어." 놀란 여자가 멈추어 보니 저만치 뒤에 큰아이가 떨어져 있었다.

여자는 더욱더 이를 악물었고, 강해졌다. 흩날리던 안개꽃 같던, 흰 구름을 그리던, 사랑을 꿈꾸던 여자는 '남편 없는 인왕산 호랭이도 잘만 산다.'를 맘속에 품고 사는 한옥집 안주인이자 강인한 세 딸의 엄마가 되어갔다.

차례

2부. 딸들을 싣고

3부. 오토바이 타는 여자

1부

그리움을
담아

시인 1

사계절 내내 맨발
피맺힌 발바닥 쉬려 하면
누가 흔드는 설렁줄인지
초겨울 바람
먼 길 떠나는 사람아

─ 월로가 갔어….

여자는 전화를 할 때마다 말했다. 월로가 갔다고. 그 친구
가, 그렇게 시만 쓰던 친구가 갔다고. 함께 대학 학보사를 하고
함께 시를 쓰고 같은 웨딩드레스를 입었던 친구, 시인 윤월로
가 세상을 떠났다고 했다.

교대 다닐 때 만난 친구였다. 학보사에서 기자 생활을 하며
함께 시를 썼다. 그때 여자는 여기저기서 '재능이 있다' '등단을
해라' 하는 소리를 들을 때였다. 그러나 결혼과 함께 조금씩
시를 접었다. 반면에 눈에 띄는 화려한 재능은 없었지만 오래
도록 맴도는 시를 쓰던 월로는 학교를 졸업하고, 결혼을 하고,
직장을 다니며 점점 더 많은 작품을 써냈다. 여자는 한옥집에,
아이들에, 남편과 시부모에 갇혀버린 반면, 월로는 점점 더 날
개를 달았다. 등단을 하고, 끊임없이 시를 발표하고, 열 권의 시
집을 내고, 수필집도 몇 권을 펴냈다. 그렇게 지역사회에서 인

정받고 존경받는 시인이 되었다.

끊임없이 시를 쓰는 월로를 보면서 한편으론 부럽기도 했지만, 여자는 자신 또한 맘만 먹으면 언제고 다시 시를 쓸 수 있으리라 생각했다. 그러나 세월이 지나며 감성도, 감각도, 시에 대한 마음도 예전 같지 않아졌다. 언제고 꺼낼 수 있으리라 생각했던 주머니 속의 반짝임도, 빨래처럼 널었던 마음의 시 한 편도, 빛이 바래고 무뎌져 꺼내지지 않았다. 언제고 다시 쓸 수 있으리라 생각했던 건 자신의 오만이었다. 월로가 남기고 간 시 앞에서 자신은 숙연해진다고 여자는 말했다. 한때의 불확실한 재능보다 삶과 함께 익어가는 문학이야말로 진정한 감동을 주는 것이라고.

"사계절 내내 맨발" "피맺힌 발바닥 쉬"지 못하고 먼 길 떠나기 두려워 내 집에, 내 아이들에, 갇혀 있었던 자신. 그러나 그 멀고 먼 시인의 길을 두려움 없이 꾸준히 걸어간 친구. 마지막 순간까지도 그 '설렁줄 흔들리는 소리' 따라 먼 길 떠난 진짜 시인. 그 친구가 월로라고 여자는 말한다.

그리고 이제 나는 여자에게 말한다.

— 빛바랜 감성. 주머니 속에 가두어버린 반짝임. 빨래처럼 마음속에 널어놓은 시 한 편 다시 꺼내 시를 쓰세요. 엄마. 아직도 엄마의 귀에 들리는 설렁줄 흔들리는 소리 따라 다시 먼 길 떠나세요. 엄마. 당신은 천생 시인이랍니다.

* 시인 윤월로 (1947~2021)

서시

한밤
일어나 앉아
방을 닦는다
지저분한 주위
이대로 갈 수는 없잖은가

한밤중
다시 일어나 앉아
손을 닦고 또 닦는다
먼지 묻은 손
이대로 갈 수는 없잖은가

맑은 눈으로
시를 쓴다
몇 번을 태우고 태운 낙서지만
이대로 갈 수는 없어

새벽녘

쓸고 비운 가슴에

빨래처럼

시詩 한 조각이 널린다.

방바닥은 뜨끈했다. 노란 장판은 맨질맨질하고 특히 아랫목은 유난히 반질거리는 것이 수시로 눕고 문지른 흔적이 역력했다. 방 한구석에는 늘 걸레 대바구니가 놓여 있었다. 아무리 깨끗해도 끊임없이 누군가 닦고 또 닦았다. 분명히 지난 밤에 이불을 깔기 전 여자가 물걸레질에 이어 마른 걸레질까지 했는데, 아침상이 들어오고 나가면 복렬 언니가 와서 또 닦고, 좀 한가한 시간이 되면 할머니가 와서 또 닦았다. 그러니 콩댐한 노란 장판은 그 피부가 벗겨질 만큼 늘 뽀드득거릴 수밖에.

그 방에서 여자는 20대 중반부터 30대를 온전히 보냈다. 시집 와서 아래채의 넓은 방을 신혼방으로 내준 것이었지만, 부부의 방이라기보다는 온 가족의 거실과도 같았다.

새벽녘부터 여자는 화장을 하고 옷을 입고, 부엌을 드나들며 가족의 아침상을 차리고, 상이 나가면 아이들 머리를 빗겨주고 용돈이며 하루의 준비물까지 챙겨야 했다. 그렇게 전쟁 같은 아침 시간이 지나고 출근을 하면 온종일 안방은 아이들의 놀이터였다.

　여자는 저녁에 돌아와 다시 방을 쓸고 닦고, 저녁을 차리고, 아이들과 시간을 보낸 후 씻고 씻기고 두툼한 이부자리를 깐다. 아랫목부터 차례로 깐 이부자리는 아빠, 나, 그리고 여자의 자리다. 아랫목에서 가장 먼 자리를 여자에게 내주면서도 한 번도 그게 이상하다고 생각해본 적이 없었다. 아빠도, 나도.

　그렇게 늘 바쁘기만 했다. 온전히 자신이 될 수 있던 시간이 여자에게 있었을까. 어린 시절부터 시서화(詩書畵)를 사랑했던 여자에게 잠시라도 자신만의 세계를 표현하고 사랑할 여유가 있었을까. 그래서 여자는 모두가 잠든 한밤중 일어나 앉아 시를 쓴 걸까. 쓸고 비운 가슴에 빨래처럼 시 한 조각 널어놓았을까. 그 잠시의 시간만이 여자에게 '맑은 눈으로 시를 쓰는' 시간이 되었던 게 아닐까.

　한옥집의 며느리이고, 세 아이의 엄마이고, 누군가의 아내이고, 누군가의 선생님이기만 했던 그 오랜 세월동안 여자는 가슴 속에 시를 널었다. 방바닥을 다시 닦고 앉아 주변을 정리하고 손을 닦고 또 닦던 한밤의 시간들. 고요한 한옥집의 밤에 그녀는 빨래처럼, 가슴 속에, 시를 널었다. 자기만의 시를 써내려갔다.

열일곱 1

그저 한낱
팔랑거리는 색종이였을 뿐인
열일곱 어느 날
창틈으로 스며든
햇빛 한 줄기
가슴에 살 맞아 접어둔
은백의 햇빛 한 장

그렇게
눈부시고
황홀하던
들키지 않게
싸고 또 싸두어도
스며 나오던 물감
은빛 햇빛 한 장.

— '방학이라 여행을 떠나려고 친구들이랑 준비하다가 잠에서 깼어. 그러고서도 '오늘 여행가야 하는데 준비도 안 했네' 생각하면서 생시인 줄 알았어. 그러다 다시 꿈이구나 싶어서 동생들이랑 점심 먹고 낮잠 한숨 자고 났더니 웬걸. 이번에는 팔십 노인네가 되어 있는 거야. 꿈에 갇혀 있나 보다. 내가 팔십 노인네라니. 이건 꿈일 거야. 틀림없이. 그럴 리가 없어.

새벽에 여자의 메시지가 왔다. 꿈에서 꿈을 깼는데 또 다시 꿈을 꾸고 있는 줄 알았다는 여자. 또 다시 그 꿈에서 깨어났는데도 여전히 팔십의 노인네라서 믿을 수 없었다고, 이건 꿈일 거야 생각했다는 여자.

그 메시지를 받고 여자의 꿈속의 꿈은 무슨 색일까, 나는 잠시 생각했다. 열일곱 그녀와 그리 다르지 않을까. 현실에서 빛이 바랜 은빛 머리칼을 갖고 있듯이 여자의 꿈속도 색이 바랜 은빛일까. 얼른 여자의 시집을 뒤적여 「열일곱」이라는 시를 찾는다. 지나간 여자의 열일곱 꿈속이 궁금해. 그 꿈의 색과 향이 궁금해. 나는 여자의 시를 찾는다. 아득한 여자의 꿈자리를 헤맨다. 여자의 시 속에 열일곱 꿈의 향기가 여전히 남아 있을 것만 같아.

여자의 꿈속은 여전히 "한낱/ 팔랑거리는 색종이" 열일곱일까.
그 열일곱을 "눈부시고/ 황홀하게" 흩뿌리며 기억하고 이 시를 쓴 스물일곱일까.
꿈속에 갇혀버린 지금, 일흔일곱의 그녀일까.
열일곱을 기억하던
스물일곱의 그녀가 쓴 시를
일흔일곱 여자의 딸인 마흔다섯의 내가,
열일곱이었던 여자의 꿈을 떠올리며 읽는다.

그리움

바다무늬
저고리

하늘무늬
치마

그믐달 바래이는
열 손톱 모으고
까매진 기도祈禱

여인女人은
항구 없을 하아얀 길
흙을 씹다.

나는 뻔뻔한 작가다. 첫 책(『안녕, 나의 한옥집』)을 내며 스스로를 '그리움의 작가'라 칭했다. 블로그 맨 위에도 '그리움의 작가 밤호수'라고, 그렇게 걸어놓았다. 작가면 작가지 그리움의 작가일 건 또 뭘까 누군가는 그리 생각했을 것이다.

그리운 게 많아서 항상 가슴이 아팠다. 어린 시절 한옥집. 낮은 흙담. 그 위로 살포시 떨어지던 단풍잎 하나. 담 건너편 사회관에서 그네 타는 아이의 오가던 치맛자락. 그 뒤로 보이던 먼 산. 산들의 곡선. 그날 그 흙냄새. 우리 집 마당 냄새. 바람결의 향긋함. 오가던 사람들. 기억조차 나지 않는 누군지도 모를 그들까지도 나는 그립다.

지나간 것은 다 그립고 오늘도 그립고 앞으로 올 날들까지도 그립다. 주변 사람들에게 이런 그리움을 호소해봤자 돌아오는 반응은 공감할 수 없는 눈빛 뭐 이런 것임을 알고 있기에 나의 그리움은 오직 내 것일 뿐 나눌 수 없는 것이었다. 나태주 시인님은 보고픈 사람이 많아서 시를 쓰셨다는데 감히 비교할 수 없으나, 나도 그리운 게 많아서 오늘도 글을 쓴다. '그리움의 작가'라는 말은 어쩌면, 내가 느끼는 그리움을 독자에게도 전하는 진짜 작가가 되고 싶다는 나의 바람일 것이다.

그러나 그리움도 결국은 나의 핏속에 흐르는 유전인자였다는 것을 이 시를 보며 느꼈다. 이 시에는 여자의 짙은 그리움이 손톱 끝에 기도처럼 새까맣게 묻어 있어 가슴이 저린다. "바다무늬/ 저고리"와 "하늘무늬/ 치마"의 소녀는 무슨 그리움에 그리 아팠을까. 어떤 감성이 그토록 절절했던 걸까. 여자가 대학 1학년 때 썼다는 이 시, 겨우 열아홉 소녀의 그리움이 어찌 저리 깊었을까.

그 시절에는 지금보다 일찍 철이 들었을 시절이었으니 여자는 열아홉 소녀가 아니라 처녀였을지도. 집을 떠나 공주 시내에서 대학을 다니며 일찌감치 인생과 철학과 시를 찾았을지도. "항구 없을 하아얀 길/ 흙을 씹"는 처녀의 애끓는 마음을 이미 알았는지도.

어쩌면 나보다 더 짙은 그리움을 여자는 지니고 살았는지 모르겠다. 그리고 꼭꼭 쌓아둔 그 마음은 여자의 피를 타고 나에게 내려왔는지도 모르겠다. 무려 60년 가까이 흘렀는데도 열아홉 여자가 썼던 "바다무늬/ 저고리"를 입은 소녀의 마음은 여전히 여자에게 그리고 막내딸인 나에게 그대로 전해졌는지도. 어쩌면 또다시 60년이 흘러도 아련한 그리움은 여전히 나의 딸아이에게 전해져 있을지도. 그럴지도 모르겠다.

자취방

공주읍
봉황동
큰샘거리
아치형 현관에
소나무가 푸르던 집
라일락 향도 스미고
높은 창으로
하늘도 보이던
스무 살 여자애가
꿈꾸기 참 좋았던
조그만 방
가득히 바닷물을 채우고
닻을 올리곤 했다.

홍성 살던 여자가 열아홉 되던 해, 공주교대에 합격을 하고 집을 떠나왔다. 대통다리 건너 호서극장 옆, 작은 전파상을 운영하던 부부의 집에서 하숙을 살았다. 공주사대 무용과를 다니던 수자 언니와 한 방을 썼다. 훗날 언니의 남편이 된 남자친구가 가끔 찾아오기도 했다.

처음엔 집이 그리워 주말이면 무려 네 시간이나 버스를 타고 홍성 집에 다녀오기가 일쑤였지만, 차차 횟수가 줄어들고 하숙집에 익숙해져 갔다. 주인아주머니가 해주시던 콩나물국은 유난히도 맛있었다. 대체 어찌 이리 콩나물국이 맛있냐 했더니 아주머니는, 콩나물을 끓인 후 건져서 참기름에 무쳐 다시 국에 집어넣는다 하셨다. 여자는 처음으로 음식을 하는 법에 관심을 가졌다. 맘만 먹으면 혼자서도 잘할 수 있을 것 같았다.

그렇게 1년이 지나고 여자는 집에 말도 안 한 채 자취방을 구하기 위해 돌아다녔다. 혼자서 밥도 해 먹고, 자유롭게도 지내고 싶었다. 친구 재희와 함께 학교 근처 구석구석을 다니다 어느 날 "봉황동/ 큰샘거리", "아치형 현관에/ 소나무가 푸르던" 돌집을 만났다. 『빨강머리 앤』에서 '미스 라벤더'가 살던 '메아리장'을 떠올리게 하는 고풍스럽고도 아름다운 집이었다. 백제 시대부터 물이 좋아 봉황산 아래 절간의 스님들이 물을 길러 오곤 했다는 큰샘거리. 바로 그곳에 구한말 홍씨네가 살았다던 서양식 성과 같던 멋진 집이었다. 보자마자 돌집에 반한 여자는 꼭 그 집에서 살고 싶다 생각했다.

돌집에 딸린 작은 방 한 칸을 얻어 여자는 자취 생활을 시작했다. 방문을 열면 돌집과 소나무와 하늘이 보였다. 친구와 함께 가서 연탄집게도 사고 작은 냄비도 사고 쌀도 사들였다. 소꿉놀이하듯 마냥 재미있었다. 하지만 막상 처음으로 시작해 본 '살림'은 그리 호락호락하지 않았다. 연탄불에 하는 밥은 타거나 설익기 일쑤였고, 한 번은 연탄가스에 질식해서 쓰러진 적도 있었다. 그렇게 3개월 만에 여자의 자취 생활은 싱겁게 끝이 났다. 봄빛이 푸르던 스무 살의 4월, 5월, 6월이었다.

하지만 그 석 달 동안 돌집 뒤 작은 방 한 칸에서 여자는 참 많이도 꿈을 꾸었다 했다. 바닷가에 가서 섬마을 선생님이 되

는 꿈. 거기서 시를 쓰는 고아한 시인이 되겠다는 꿈. 마도로스
랑 결혼을 해서 기다리고 싶다는 꿈. 그리스로 로마로 배를 타
고 여행을 떠나고 싶다는 꿈. 그리고 그 시간들을 다시 시로 써
서 모든 꿈을 간직하겠다는 꿈. 그런 꿈을 꾸었다 했다.

지금도 가끔 스무 살의 꿈이 기억난다는 여자. 밥은 또 태워
먹어 뱃속은 비었지만, 마음은 그 어느 때보다 맑고 머리도 초
롱초롱하던 그때. 자취방에 누워 창문을 열고 흘러가는 구름
을 바라보던 그때를 여자는 그린다.

"봉황동/ 큰샘거리"는 아직 그 자리에 있고, 아름답던 돌집
은 '예술가의 정원'이라는 근사한 카페가 되었건만, 돌집 가득
한 주인댁 오누이의 웃음소리가 아직도 귓가에 생생하건만, 그
꿈꾸던 스무 살 처녀아이는 어디로 가버렸는지 까마득하다. 그
때 그 꿈들은 또 어디로 다 사라져버렸는지 아득하다.

풀꽃만 아는 이야기

너무 오오래전 이야기라
알고 있을까 몰라.

그날
은회색 참밀대
물살과 빛의 야살짓던 눈짓
강바람.

백양나무 숲의 소살대던 이야기
갓 깬 배추흰나비의 비늘
모래의 능선이
어느 아침
갑자기 바꾸어진
석상
한 점 역사처럼
그마다의

소중스런 몸짓으로
뒤채였음을, 순간 빛났던가를.

어쩜 알고 있을까 몰라.

참아도 뛰던
가만한 가슴을
아프도록 꼬옥 모으면
실핏줄 선연한
손을.

여자에게도 청춘이 있었을까. 그랬겠지. 옛것이라 이름 부르는 것들로 가득했던 그 시절, 더 조심스럽고 더 가만가만하던 청춘, 지금 말하면 차마 부끄러워서 '청춘'이었다 고백하기도 어려울 그 시간, 지금의 청춘들에게 이야기한다면 채 두 줄도 말하기 전에 얼굴이 붉어져서 말하지도 못할 그 시간들이 있었겠지.

나는 그런 청춘의 사랑 이야기를 좋아한다. 나의 청춘보다도 더 오랜 이야기들 아니 그보다 더 오랜 옛이야기들을. 슈베르트의 <겨울 나그네>라든가 <사월의 노래> 같은 BGM이 어울리는 그런 청춘의 분위기를 좋아한다. 최인호의 장편 소설 『겨울 나그네』에서 다혜와 민우의 가슴 아픈 사랑 이야기. 지금 트렌드에는 도저히 어울리지 않는 그런 배경에 그런 신파를 좋아한다. 헤세의 단편 소설 「청춘은 아름다워」에 나오는 신비하고 감성적인, 소년과 청년의 사이에 있는 청춘의 사랑에도 가슴 떨린다. 드라마 <미스터 션샤인>의 고애신과 유진초이의 비장하고 역사적인 사랑은 또 말해 무엇하랴.

 아무래도 나는 시대를 잘못 태어난 것 같다. 1970년대 후반
에 태어났지만 감성은 최소한 1940년대 생이다. 그런 소리를
많이 들었다. 나의 옛 근무지 학교 교감 선생님께서는 "임 선
생님은 나이보다 훨씬 옛 정서를 가진 분 같다"라고 하셨다. 나
도 동의한다. 그렇다고 버몬트의 타샤 튜더 할머니처럼 1800
년대를 좋아해서 그 시절의 옷을 입고 그 시대처럼 집을 꾸며
놓고 산다거나 할 정도로 정열적이든가 부지런하지는 못하다.
그냥 옛것에 대한 그리움이 있을 뿐이다. 지나가버린 시대와 시
절에 대한 아련함. 그런 정서는 아무래도 타고나는 것 같다. 이
또한 여자의 영향일까.

 여자에게 들었던 옛사랑 이야기가 있다. 여자의 고등학교 시
절 여자를 좋아했다던 어느 오라버니 이야기. 이웃 학교 학생
회장을 했다던 그 '오빠'는 그토록 애달프게 여자를 좋아했단

다. 그 시절 여자는 '하얀 제복을 입은 마도로스가 좋다'고 말하곤 했다는데, 해군사관학교를 간 그 오빠는 정말 하얀 제복을 입고 '마도로스'가 되어 여자 앞에 나타났다. 여자 때문에 흰 제복을 입게 된 건지, 그의 꿈이 여자의 로망과 우연히 일치했던 건지 알 수 없지만 아무튼 그는 그렇게 멋지게 나타났다. 그러나 여자와는 결국 이어지지 못했다.

여자가 읽은 어느 소설 속의 이야기인지, 실제 그런 일이 있었는지 확인해본 적도 없고, 확인할 수도 없지만 참으로 그 시절다운 이야기가 아닌가. '마도로스'라는 직업에 대해 아는 바도 없으면서 마냥 멋있게만 생각할 수 있는 것도 유튜브 따위가 없던 시절이었기에 가능한 이야기고, 사랑하는 어느 소녀의 말 때문에 진로를 정할 정도의 패기 넘치는 풋사랑도 그 시절이었기에 가능한 순수함이 아닐까 생각하면 왠지 아쉽고 부럽기까지 하다. 여자의 「풀꽃만 아는 이야기」는 그 시절에나 존재했을 것 같다.

그러나 나에게도 나만의 "풀꽃만 아는 이야기"가 존재한다. "참아도 뛰던/ 가만한 가슴을/ 아프도록 꼬옥 모으면/ 실핏줄 선연한/ 손을" 지니던 나만 아는 이야기가. 어쩌면 시절과 상관없이 "풀꽃만 아는 이야기"는 언제나 내 마음속의 이야기인지도 모른다. 유튜브로 티비로 너무 많은 정보가 넘쳐나는 이 시대에, 어쩐지 알지 못하는 먼 시대와 먼 나라에 대한 낭만과 호기심은 어울리지 않는 듯하지만 말이다.

어머니

한도 몰라
꿈도 몰라
한세상
손끝 아리도록
엉킨 실을 풀었다오.

스무 해
한 번 끊기면
절름이는 동이물 받친 끈
그만 부끄러워
한 치 실 땜에
새벽에 눈을 붙이기도 했다오.

육십 평생
한 번 끊기면
그대 겨운 발길 모시 댓님

그만 안쓰러워

서 푼 실 땜에

한밤을 새우기도 했다오.

천년 그넷줄

한 번 끊기면

가슴 다져 조인 치마허리

그만 애절해

무명실 한 파람 땜에

며칠 목을 늘이기도 했다오.

억년 당신 말씀

한 번 끊기면

곰네의 인종忍從

그만 서러워

명주실 한 꾸리 땜에

백날쯤 두고두고 풀기도 했다오.

한세상
엉킨 실 풀다 보니
손가락 마디 금금이
투박한 별이 가라앉았소
내 어머니.

|

　　지난해, 100세를 넘기신 나의 외조모-여자의 어머니-가 생을
마감했다. 백 년을 정정하게 사셨지만 마지막 몇 개월은 고통
속에서 어렵게 어렵게 가셨다. 몸을 가누지도 못하고 대소변도
가리지 못하는 가련한 육체를 차마 어찌할 수가 없어, 간병인
을 쓰고 자녀들이 번갈아가며 몇 개월간 병상을 지켰다.

　　정신도 육신도 제자리를 찾지 못한 백 년이 넘은 인간을 바
라보는 것이, 자녀들에게는 내 어미임에도 그토록 힘들고 고통
스러웠다. 늙는다는 것이 서럽기만 했다. 죽어가는 길이 좀 더
깨끗하고 좀 더 단순하다면 얼마나 다행이랴. 그러나 외조모
의 마지막 가는 길은 처절했다. 의식을 치르듯 철저하게 육체
를 떨쳐내는 단계를 하나하나 밟았다. 그리고 애닯게 가셨다.
백 년 동안 "엉킨 실을 풀다" 투박한 별이 되어 가라앉았다.

　　외조모가 마지막 순간 병상에서 정신이 온전치 않았을 때,
여자는 어미의 귀에 대고 이야기했다.
　　- 엄마. 너무 애쓰지 마. 엄마 딸이라서 행복했어요. 이제 편

히 가셔도 돼요. 나도 좀 있다 갈게요. 엄마.

그 말에 외조모의 눈에서는 눈물이 흘렀다. 그런데 여자의 막냇동생, 외조모의 막내딸이 와서, "엄마. 사랑해. 엄마도 나 사랑하지?"라고 하는 순간 외조모의 얼굴에는 사라진 줄 알았던 미소가 입꼬리 가득 떠올랐다. 죽음으로 갈 준비가 된 마지막 순간에도 귀는 열려 있었고, 사랑의 감정은 온전했음이었다.

어릴 적 꿈에서 여자가 죽으면 나는 건넌방에서 안방까지 한달음에 달려갔다. 잠들어 있는 여자의 살을 만지고 체취를 느끼고서야 여자가 살아 있음을 확인하며 안도했다. "엄마 죽지 마"라고 말할 때마다 여자는 이리 말하곤 했다.

- 걱정하지 마. 엄마가 죽어도 너희가 너무 슬퍼하지 않을 때, 엄마는 그때 갈 거니까.

과연 그럴 때가 올까? 과연 여자가 죽어도 내가 슬퍼하지 않을 때가 올까? 나는 의심했다. 그러나 결혼을 하고 아이를 키우며 여자의 그 말이 무엇을 뜻하는지 알 것 같았다. 내가 지금 죽는다 해도, 내 아이들만큼은 슬픔에 빠져 있지 않고 자신들의 삶을 꿋꿋이 살아주기를 바라는 어미의 마음을 깨닫게 된 것이다. 내가 자라 내 아이를 낳으면 그러한 어미의 마음을 알게 될 것임을 여자는 알고 있었다.

어쩌면 부모는 자녀에게 삶도 가르쳐주지만, 죽음도 가르쳐주는 존재일 것이다. 여자의 어미는 그렇게 생을 마감했지만, 나의 어미는 팔순을 앞둔 노인이 되었고 나는 오늘도 여자의 죽음을 두려워한다. 영원히 받아들일 수 있을 것 같지 않은 이별을 두려워한다. 하지만 여자가 사라진다 해도 오늘의 내 행복을 누리길 바라는 여자의 마음을 알기에 나는 꿋꿋이 생을 또 살아낼 것이다.

그리고 "엄마는 죽으면 안 돼"라고 말하는 나의 딸에게 나 또한 웃으며 말한다.

- 엄마는 엄마가 죽어도 너희가 슬퍼하지 않을 수 있을 때, 그때 떠날 거야.

아버지 1

당신이 가고 나서부터
밤이면
한쪽 팔이 시립니다

비가 오는 날이면
몸이 떨립니다

눈이 오면
육신이 얼어갑니다

북풍이 부는 밤이면 또
당신을 따라나섭니다

천안삼거리 피양까지
발 부르트게 걸어서
광목 목도리 두르고

기차간에 앉아
신의주를 거쳐
헌 트렁크 하나 든 채
북만주 벌판을 헤매입니다

당신이 가고 나서부터
나는
춥고 배고픈
미친바람입니다.

I

― 100년 전에 태어났다면 나는 독립투사가 되었을지도 몰라. 만주 상해와 조선을 오가며 목숨을 내어놓고 싸우는 의열단이 되었을지도.

여자는 종종 그런 말을 했다. 불의를 보고 지나치지 못하는 성격은 여자의 아버지로부터 왔다는 말을, 나는 어려서부터 들었다.

여자의 아버지가 돌아가신 건 내가 아주 어릴 적이었다. 이미 준비하고 있던 아버지의 죽음이 닥쳤을 때, 여자는 담담했다. 하지만 진짜 아픔은, 진짜 그리움은 언제나 그렇듯 시간이 지나며 더 진하게 찾아왔다. 아버지를 가장 많이 닮았다던 큰딸. 그 기개와 재주와 정의감, 풍류까지도 빼닮았던 여자. 그래서 그토록 큰딸을 아끼고 사랑해 주었다던 아버지. 여자가 교대에 입학했을 때, 당시로서 구경도 못하던 바바리코트를 맞춰 주셨다던 여자의 아버지였다. 젊은 시절 만주에서 지내실

때 신여성들이 입고 다니던 모습을 보며 나중에 내 딸에게도 꼭 입혀주리라 생각하셨다던 바바리코트. 그렇게 자식 사랑이 지극하셨다던 여자의 아버지, 나의 외조부.

내 기억 속의 외조부는 풍에 걸려 홍성 어느 집 안방에 누워 계신 모습뿐이지만, 여자를 통해서 듣는 그분의 기억은 "기차간에 앉아/ 신의주를 거쳐/ 헌 (가죽)트렁크 하나 든 채/ 북만주"에 돈을 벌러 가시는 모습과 오버랩된다. 외조부는 기술을 배워 돈을 벌면, 남들은 그 돈으로 술을 마실 때, 가족에게 돈을 부치고 자신은 배가 고파 밤새 모로 누워 잤다고 했다. 한국으로 돌아오던 길 기차간에서 돈 가방을 주웠지만 잃어버린 청년이 가여워 결국 찾아서 돌려 주셨다던 여자의 아버지. 여자는 그 아버지를 종종 이야기하곤 했다.

그 어느 여름날, 홍성에 큰물이 나서 냇물이 불었다. 학교를 끝낸 아이들, 시내에 다녀오던 마을 사람들이 내를 건너지 못

해 발을 동동 굴렀다. 그 거친 물살 한가운데에 들어가 온 마을 사람들을 손잡고 아이들을 안아 건너게 해 주었다던 아버지였다. 그런 아버지를 여자는 미워할 수 없었다.

평양 기생 출신의 첩실을 두어 아내-여자의 엄마-의 마음을 무던히도 아프게 했고, 그 첩실을 통해 자식들도 줄줄이 낳았지만, 여자는 아버지를 미워할 수 없었다. 어미의 고통을 이해하면서도 그것으로 미워하기엔, 자기 안에 존재하는 아버지의 존재가 여자에게 너무도 컸음이었다.

여자는 밤이면 대장장이 아버지가 아팠던 "한쪽 팔이 시"렸고, "비가 오는 날이면" 아버지가 젖었던 그날, 남들을 구하다가 아비를 잃을까 두려웠던 그날이 떠올라 "몸이 떨"렸고, "눈이 오"고 "북풍이 부는 밤이면" 만주벌판에서 가족들을 위해 밤마다 굶주림에 잠 못 이루던 아버지를 떠올리며 "육신이 얼어"갔다. 아버지를 떠올리면 여자는 "춥고 배고픈/ 미친바람"이 되었다. 차라리 그게 편했다.

자신 안에 있는 아버지의 모습이, 아버지의 심장이 자꾸만
파도치고 우는, 헤매는 밤들이었다.

월산

새벽달이 걸려 있는 자그마한 산

분홍 벚꽃 피는 암자엔
일곱 살 애기중이 있었네

꽃 껶고
고사리 뜯고
그렇게 자라
열일곱 처녀중이 되어
<수리 수리 마하수리
수수리 사바하>
염불을 외우며

사바세계
노총각 선생님을 보면
홍조를 띄우던 스님이 있어
월산은 더욱 아름다웠네.

겹벚꽃이 피고 물맛이 좋던 월산. 여자의 고향 홍성에 있던 자그마한 산. 시시때때로 어미의 손을 잡고 다니던 곳. 봄가을이면 소풍길에 오르던 곳. 여고 시절에는 벚꽃 피는 암자에 들러 친구들과 함께 가던 곳. 여자에게 월산은 고향 그 자체였다. 공주로 시집가고 나서도 잊을 수 없던 고향의 풍경이었다.

여자의 아버지가 작은부인을 들이던 날, 목놓아 울던 여자의 어미는 월산에 올라갔다. 아직 어린 여자의 동생들은 어미를 찾으며 울었고, 아버지는 몇몇 동네 사람들과 함께 한밤중 여자의 어미를 찾으러 횃불을 들고 산에 올랐다. 그렇게 찾아서 데려온 어미는 며칠간 음식을 목에 넘기지 못했다. 공주로 시집을 간 여자가 처음으로 크게 부부싸움을 한 후 간 곳도 월산이었다. 월산 암자에서 며칠을 머물며 여자는 어미를 떠올렸다.
암자에는 여자와 또래의, 이름도 같던 정임이라는 애기중이 있었다. 간혹 함께 꽃도 꺾고 나물도 캤다. 멀리서 그녀를 보다

눈이 마주치면 선웃음을 지으며 그렇게 세월이 흘렀다. 시를 쓰던 여고 총각 선생님은 일요일이면 가끔 절에 들르곤 했고, 애기스님은 자라 총각 선생님을 짝사랑하는 열일곱 처녀가 되었다.

여자는 아직도 그 스님이 월산의 암자를 지킨다는 말을 풍문에 들었다. 구름이 머무는 곳. 운주가 그리울 때면 함께 떠오르는 곳 월산. 월산을 가봐야 한다고, 가서 꼭 처녀중 정임이를 만나야 한다고 여자는 말하곤 한다.

2부

딸들을
신고

꽃

꽃 속엔 아이가 있다.
꺾으려고 손을 내밀면
아앙 울어버리는 아이가 있다.
꺾어다 방에 꽂으면
흔적도 없이 사라져 버리는 아이

추운 밤
가늘은 머리카락에 이슬을 맞으며
눈 꼬옥 감고
엄마
엄마 하고 오물거리는 아이가
밖에 있어

난 잠이 안 온다
내 머리 위에도 찬 이슬이 내린다.

(아기를 두고 학교에 와 있으면 불안하고 모든 것이 먼 꿈이다. 그때 쓴 것)

아이를 낳을 때마다 여자는 입덧을 요란하게 해댔다. 작은 키에 안 그래도 마른 몸이 임신과 함께 점점 더 삐쩍 말라갔다. 공을 넣어놓은 듯 배만 동그랗게 불러왔다.

수업 시간에는 절대 앉지 말라고 교장 선생님이 말씀하시곤 해서, 아무리 몸이 무거워도 앉을 수 없었다. 하루 여덟 시간의 수업에 온몸이 꺼지듯이 힘들어지면 잠깐씩 교탁에 몸을 기댔다. 아이들 자습을 감독할 때엔 선 채로 깜빡 졸기도 했다. 두 달의 산후 휴가를 미리 쓰기가 아까워 아기 낳기 전날까지 악착같이 학교에 나갔다. 하지만 출산 후에도 두 달의 휴가를 온전히 쓸 수는 없었다. 주어진 휴가를 다 이용할 수 없었던 시절이었다. 한 달 만에 아기를 두고 다시 출근을 했다.

여자는 아기에게 모유와 분유를 함께 먹였다. 그렇게 마르고 입덧을 해댔는데도 막상 아기를 낳은 후에는 젖이 잘도 나왔다. 산관해 주시던 아주머니는 "이 새댁처럼 참젖이 잘 나오는 산모는 보다 처음"이라고까지 했다.

학교에서 수업을 하다 보면 젖이 차서 가슴이 돌짝처럼 딱딱해졌다. 어느 날엔가 그런 상태로 학교 꽃밭에 나가 붉고 여린 꽃 한 송이를 보는데 집에 있는 아기 생각이 났다. 꽃 속에 아기가 들어 있는 것 같아, 더 가까이 들여다보려 하면 저절로 사라져버리는 아이. 보고 싶고 만지고 싶어 "꺾으려고 손을 내밀면/ 아앙 울어버리는 아기가 있"었다. 꽃잎을 보는 여자의 돌덩이 같던 가슴에, 아기를 떠올리는 여자의 마음에 젖줄이 핑 돌았다. "가늘은 머리카락"과 흰 얼굴의 아기 생각에 젖이 옷 밖으로 새면서 뚝뚝 떨어졌다. 얼른 숙직실에 가서 유축기로 젖을 짜서 버리며 여자는 아픔에 눈물을 떨어뜨렸다.

둘째, 셋째까지 낳고 나자 요령이 생긴 여자는 자전거를 타기 시작했다. 수업이 오래 빈 시간이면 집에 와서 젖을 먹이고 가기 위해서였다. 그 시작이 훗날 여자를 '오토바이 타는 여자'로 만들었다.

집에 다녀오는 것이 미안해 여자는 다른 선생님들께 고마움을 표시했다. 겨울이면 교무실 난롯가에 큰 냄비를 올려놓고 칼국수를 끓였다. 학교 텃밭에 푸성귀를 심어 그걸로 겉절이를 담갔다. 라면을 드시는 선생님들께 나눠드리면 그 맛이 또 별미라고 좋아들 했다. 어느 날엔가는 밭에서 따온 미나리전에, 김치전도 부쳤다. 교무실 난로 하나로 충분했다. 어려운 시절이었지만 또 그런 자유와 따스함이 있었다.

하늘하늘하고 여린 꽃잎 속에 있던 아기들은 토실토실 잘도 컸다. 하지만 여자는 여전히 꽃을 보며 두고 온 아기들을 떠올렸다. 언제까지나 세 딸들은 여자가 품은 꽃대 속의 여린 꽃잎이었다.

딸에게

딸아
큰딸아
네가 왔을 때 엄마는 행복했다
감사했다
낮엔 세상 모든 꽃을 꺾어
네 손에 쥐어주고
밤엔 하늘의 별을 모아
네 꿈자리를 폈다
장막을 쳐 찬바람을 비끼고
엄마의 온기로 눈보라를 녹여가며
너의 걸음마를 도왔다
이제 뒤뚱거리며
세상을 잘도 헤쳐 가는 딸아
바람아 살살 불거라
조금 더 세어져도
의연히 맞서서 바람을 맞거라
>

어린 너에게 많이도 얘기하고
많이도 기대고 살았는데
이젠 엄마의 체중이
너를 짐스럽게 하누나
그러나 아직은
너에게 힘이 될 수 있을까

오늘도 너의 꿈자리 속을
헤집고 들어가고파
창호지에 대나무살 붙여 꼬리연 만들고
무명실 꼬아 연줄 만들어
너에게로 날려보낸다
멀리멀리 날아가거라
내 딸의 꿈속으로 들어가거라

딸들이 중학교에 입학하면, 여자는 딸들에게 작은 노트를 선물해주었다. 그 노트가 갖고 싶어 막내인 나는 어서 중학생이 되는 날을 손꼽아 기다렸다. 열셋. 정식 십 대의 소녀 시절로 들어가는 자만이 가질 수 있는 특권이었다. 핑크와 보라색의 겉표지. 비닐로 싸여 있고, 옆에는 자그마한 자물쇠까지 달려 있다. 바로 소녀의 '비밀'이라는 상징이다. 언니들이 중학생이 되고 그 '특별한' 노트를 선물로 받을 때마다 옆에서 얼마나 그날을 기다렸던가.

드디어 초등학생의 티를 벗고 여중생이 되던 그날. 여자는 잊지 않고 노트를 선물로 주었다. 세상에 그보다 더 행복할 수가 없었다. 언니들이 마치 대단한 것인 양 보여주지도 않아 그 안이 어찌 꾸며져 있는지 제대로 볼 기회도 없었던 내게 드디어 손안에 들어온 노트는 소녀 시대로 들어가는 작은 통로이자 세계였다.

조심스레 펼쳐본 보랏빛 노트. 세상의 가장 사랑스러운 색들이 모두 담겨 있었다. 하늘빛, 노을빛, 연한 분홍빛, 보랏빛, 바닷빛과 풀빛. 무엇으로든 당장 그 안을 채우고 싶어지는 공간이었다. 글귀와 시들도 간간히 적혀 있었다. '하이네'라든가 '릴케' '워즈워스' 등 낭만적인 이름을 지닌 외국 시인들의 이름을 처음 접한 것도 이 노트를 통해서였다.

워즈워스 본인의 의도와 다르게 번역을 해서 완전 개작해 놓았다는 "초원의 빛이여! 꽃의 영광이여" 시구절을 보며 감탄하고, 에드가 알랜 포의 「애너벨 리」를 읽었으며 모윤숙의 시 「밤호수」나 「나의 별」을 접한 것도 이 노트를 통해서였다. 지금까지도 모윤숙의 시 「밤호수」가 나의 닉네임이 된 것을 보면 이미 이 노트와 나의 운명적인 만남은 정해져 있었던 모양이다.

그 노트에 나는 차마 눈뜨고 봐주지 못할 온갖 유치한 소녀 감성을 적어 내려갔다. 글씨도 못쓰니 유치함은 한층 배가 되었겠지만, 아마도 여자는 딸들의 그런 소녀 감성을 맘껏 쏟아 내라고 자물쇠 달린 사랑스런 노트를 열세 살의 봄에 사 주었을 것이었다.

"창호지에 대나무살 붙여 꼬리연 만들고/ 무명실 꼬아 연줄 만들어" "내 딸의 꿈속으로 들어가거라" 하며 그렇게 여자는 꿈같이 달콤한, 별과 달과 꽃이 가득했던 그 노트를 선물해주었겠지. 그 어느 3월 매섭던 겨울의 끝 봄의 시작에.

엄마 2

네가 태어날 때
비로소
세상을 보았다

네가 옹알이를 시작할 때
말을 배우기 시작했다

큰 머리에 다리만 길다란
손가락이 다섯 개인 사람을
파란 크레파스로 그릴 때

사람의 다리가 얼마나 긴가
그래 손가락 다섯 개가 얼마나 소중한가
사람도 파랄 수 있구나

새롭게

새롭게
엄마는 문을 열었다

그런데 이제
너는 열아홉
나는 열다섯
네가 뒤돌아 보아주길 바라며
여기 서서
발을 구른다.

영원히 꽃 속의 아기일 것 같던 큰딸이 자꾸자꾸 크더니 십대가 되고, 사춘기가 되었다. 일찌감치 서울로 떨어뜨려 보내 안 그래도 늘 안쓰럽고 보고픈 딸이었는데, 그 탓에 더 일찍 사춘기를 겪고 더 일찍 어른이 되어버렸다. 누굴 좋아하는 것도 같고 때론 마음 아픈 일 때론 신나는 일이 있는 것도 같은데 영 한번 쉽게 마음을 털어놓지 않았다. 동생들에게 하는 이야기를 설핏 듣고 아는 체라도 할라치면 벌써 무슨 말 꺼내려는지 알고 입을 꽁꽁 다물었다. 일찍 떨어진 만큼 마음의 문도 일찍 닫아버린 모양이었다. 그간 십여 년. 첫아이라 모든 것이 신기했던 시간이었다. 아이와 함께 여자도 자랐다. 하지만 어느 순간 아이는 자꾸 자라는데 여자는 더 이상 자랄 데가 없었다.

둘째는 둘째대로 나름의 방법으로 사춘기를 지독하게 치렀다. 여자가 교사로 있던 중학교를 함께 다니던 아이는 아침에 여자와 신경전을 겪고 난 후면 가정 시간에 엎드려 있곤 했다. 때론 여자가 곤란해하는 걸 알고 저 멀리 복도 끝에서부터 일

부러 "엄마!" 하고 큰소리를 치며 부르기도 했다. 여자아이들 생활 지도를 할 때도 머리 길이 치마 길이를 제일 안 지키는 게 딸내미였다. 고집불통 아이의 사춘기에 집에서는 엄마로, 학교에서는 선생님으로 여자는 무던히도 속을 썩었다. 하지만 아이는 웬걸, 그 시절이 제일 재밌었다 했다. 아이와 여자가 함께 사춘기를 겪어나간 시절이었다. 더 많이 발을 맞춰주지 못한 게 지금은 후회가 되었다.

그러다보니 막내는 혼자 알아서 사춘기를 관통해 나갔다. 언니들의 사춘기를 간접경험하며 뭐든지 눈치껏 알아서 했다. 많이 챙겨주고 많이 도와주었다 생각했지만 결국 아이는 혼자서 헤쳐 나갔다 했다.

아이들이 소녀가 되고 청춘이 되어갈수록 여자는 홀로 뒤에 남아 있는 듯 느껴졌다. 아이들과 함께 새롭게 살아온 인생. 이제 딸들은 앞질러 저 멀리 가고 홀로 뒤에 남아 발을 굴렀다.

딸들은 청춘이 되고 아내가 되고 어미가 되고 여자가 되었고,
여자는 다시 아이가 되어 저 멀리 딸들을 바라보고 있었다.

일상日常

시장바구니보다 작은 '앎'의 보따리 하나 들고
어느 날 아스팔트 위에 툭 쓰러지는
하나의 아름다움에 심취하지도 못하고
사람 하나 깊이 사랑하지도 못하고
어느 날 골목 어귀에서 툭 쓰러지는
우리네 일상
자갈 더미 야산에 가늘게 피어
우뢰와 바람에 시달리다가
어느 날 마른풀 되어 흙에 묻히는
그 자리, 가늘은 새순 다시 돋는
우리네 역대상하歷代上下

여자는 늘 바쁘고 고단했다. 어쩌면 작은 공주에서 "부잣집 며느리가 왜 선생까지 하느라 저 고생이야?" "집에서 살림이나 하지 집에 돈도 많은데" 하는 곱지 않은 시선과 수군거림을 견뎌야 했을지도 모르겠다.

오래전부터 공주 시내에서 보기에 그럴듯했던 부잣집의 허울. 부잣집 며느리라는 허울. 대대로 오랜 부유함의 습성 탓에 살림은 크고 화려했으나 내실은 그렇지 않다는 것을 여자는 시집온 순간부터 알고 있었다. 집안의 기둥이던 시아버지는 중풍으로 쓰러져 계셨고, 한군데 정착하지 못하는 남편의 성향상 언제 무슨 일이 생길지 모른다 생각했기에 여자는 남들 보기에 어떨지언정 교사라는 직업을 놓지 않았다.

그러나 버거운 건 어쩔 수 없었다. 여자는 작고 가냘팠다. 키는 150센티미터 초반에 여리여리한 몸매. 강아지같이 부드럽고 보송보송한 머리칼을 가졌다. 그런 여자에게서 나온 세 딸은 다들 크고 포동포동했다. 어떻게 그 작은 몸에서 이리 커다란 딸들을 낳았냐고들 했다. 먹성이 좋은 세 딸들을 보면 여자는 자기 딸이 맞나 싶다 했다. 남편은 늘 여자에게 토끼처럼 풀만 먹는다고 했다.

　몸은 하나인데 해야 할 일, 가 있어야 할 자리는 많았다. 여자가 오토바이를 선택한 건 '기동성'을 높이기 위해서였다. 눈을 동그랗게 뜬 사람들의 시선이 신경 쓰이지 않았다면 거짓말이겠지만, 이점(利點)이 너무나 많았다. 오토바이는 여자에게 날개를 달아주었다. 여자의 등을 붙잡고 오토바이 뒷자리에 앉아 언덕 위에 있던 사대부중 꼭대기까지 올라갈 때의 느낌은 참으로 근사했다. 갑자기 세상이 부웅 뜨고 하늘을 나는 것 같았다. 세상도 뜨고 나도 뜨고 그렇게 산등성이 언덕 꼭대기까지 올라가면 비행기를 타본 친구가 부럽지 않았다. 여자는 우리를 앞에 뒤에 태우고 시장을 가고 병원을 가고 고마나루 백사장을 가고 공주 시내를 구석구석 누비고 다녔다. 그렇게 여자는 '오토바이 타는 여자'가 되었다.

오토바이가 그녀의 발이 되면서부터 삶의 질에 엄청난 변화가 찾아왔다. 모든 일의 속도가 빨라졌다. 주변의 시선도 다양했다. '멋있다, 놀랍다, 여자도 저렇게 오토바이를 탈 수 있구나' 하는 시선부터 '여자가 저게 뭐냐, 볼썽사납다' 하는 반응 그리고 학생들의 신기한 혹은 선망에 찬 시선까지.

한번은 시어머니가 못마땅한 표정으로 말씀하시는 거였다.

— 너 다시는 오토바이 타지 말어라. 너가 타고 가는데 지나가던 사람들이 전부 다 다시 뒤돌아서 쳐다보더라.

너무도 매력적으로 보이는 젊은 여선생의 오토바이는 중고등학교의 남학생들에게 강렬한 유혹이었고, 도난 사건만 네다섯 번이 일어났다. 강 건너 어느 밭고랑에서 찾아오기도 하고, 대전 가는 길목에서 다 망가진 오토바이를 찾아오기도 했다. 대부분 남학생들의 소행이었다. 그 자태나 모양이나 속도나, '오토바이'는, 한창 무엇에든 질주하고 싶을 사춘기 남학생들의 로망을 자극하지 않았겠는가.

시간이 한참 흐른 후, 소풍 겸 걷기 대회가 있던 날 여자는 둘째딸을 뒤에 태우고 출근을 하고 있었다. 그때 마주 오던 택시가 길 한가운데서 핸들을 꺾으며 사고가 나고 말았다. 피가 범벅이었다. 머리는 부어올랐고 허벅지가 움푹 패었다. 뒤에 타고 있던 딸아이는 소풍에 늦으면 안 된다고 기어이 다리를 절뚝이며 학교에 갔고, 여자는 병원으로 옮겨져 두 달간 치료를 받았다. '오토바이 사고는 났다 하면 최소한 다리가 부러진다'고 들었는데 그만하면 운이 좋은 편이었다.

사고 이후 서서히 여자는 오토바이를 타지 않았다. 그리고 서울로 올라가면서, 생애 한 부분을 한 몸같이 함께했던 오토바이의 시대도 그렇게 여자의 인생에서 막을 내렸다.

조각보

빛나는 세월 아까워
차마 오려내고
설운 날들 애처러워
행여 도려내고
풋잠 자던 일상의 틈새까지
짜투리로 모았다가
자르고
맞추고
이어가는
진솔한 삶의 조각들
한 자 조각보
고운
님의 밥상보.

밤이 되면 여자는 바늘과 색실을 손에 쥐었다. 학교에서 학생들이 자수 놓는 법을 배우는 시기였을 것이다. 학생들에게 보여줄 쿠션이나 작은 손지갑에 수를 놓는 여자는 참 예뻤다. 여자의 손끝에서 나오는 자수가 예뻤던 건지, 요리조리 오물조물 움직이는 여자의 손 모양이 예뻤던 건지 그 밤 색색깔 실들의 물결이 아름다웠던 건지 모르겠지만.

신기하게 쳐다보는 내 눈빛에 그렁그렁 매달린 호기심을 읽은 여자는 작은 손에 바늘을 쥐어주고 여섯 잎 달린 꽃을 수놓는 법을 가르쳐주었다. 이쪽 끝매듭, 저쪽 끝매듭 그리고 양쪽을 요렇게 연결하면 새색시같이 수줍은 꽃잎 한 방울. 분홍빛, 보랏빛, 자줏빛 꽃잎들이 피어난다. 내가 피우는 꽃잎은 찌그러졌지만 여자의 손끝에서 피어나는 꽃잎들은 물방울처럼 사랑스럽고 영롱하다. 꽃방울이다.

— 나도 꽃을 만들 수 있어! 나도 엄마처럼 수를 놓는 여자야.

훗날 내가 서울로 전학 온 후, 중학생이 되었을 때 학교에 가정 시간이 있었다. 지금도 손으로 하는 건 뭐든 못하는 내가 그때라고 잘했을 리 만무했다. 작은 인형의 블라우스를 만드는 어렵고도 세밀한 작업이 몇 달간 지속되었다.

여자가 서울에 와서 도와주는 날에는 나의 파란 블라우스는 반에서, 아니 세상에서 제일가는 정교하고 어여쁜 옷이 되어갔다. 여자가 아직 공주에 있던 아빠에게 내려가 없는 날에는 다시 나의 인형 옷은 삐뚤빼뚤. 보기에도 민망하고 불쌍한 옷이 되어갔다. 한 주는 촘촘하고 꼼꼼한, 다시 한 주는 엉망진창을 반복했다.

그렇게 완성한 작은 블라우스는 결국 인형에게조차 입힐 수 없는 망작으로 끝났고, 그날 이후 나는 바늘을 들지 않았다. 어차피 잘할 수 없는 일. 흥미도 없었고 할 기회도 없었다.

그럼에도 마리아 수예점에서 엄마가 들고 온 색색의 실과 천들, 그 천들로 여자가 겨울밤 앉아서 이어가던 꽃의 이야기들과 자수의 기억은 가장 아름다운 시절의 그림으로 간직되어 있다. 그 바쁘던 시절에도 여자가 이어가던 진솔한 삶의 조각들. "한 자 조각보" "고운/ 님의 밥상보." 정신없이 바쁘던 그 시절에도 여자는 꽃잎 한 방울에 삶의 조각을 담았다. "풋잠 자던 일상의 틈새까지/ 짜투리로 모았다가" 그 조각들을 "자르고/ 맞추고/ 이어"서 딸들의 꿈속에 덧대었다. 그리고 딸들은 꿈을 꾸었다.

소녀少女

1
하늘나라를 보고 싶어
잠들고 싶어요

꽃이 지고 잎이 썩고
참을 수가 없어서

혼자서도 클 수 있는데
자르는 칼이 너무 많아서

어른들의 세상
그 허위에 발 딛기가 싫어서

고운 바람결에
심장이 견디기 어려워
잠들고 싶어요

>

밤마다 나는 죽어요
그때마다
부끄러운 내 몸은 한 치씩 자라고.

2
입 다물고
교복의 리본은 항상 매어져야 한다
책가방은 오른쪽, 도시락은 왼쪽
뺏지는 반듯하게
머리는 귀밑 2cm

아니 아니
어째도 좋단다
너희들 그 재재거리는 입
나풀거리는 머리
네 맘대로 네 빛깔대로여야 한다
커튼 사이로 햇살이 놀자는데

수업시간에 해해 웃어도
풋밤을 먹어도
손거울을 보아도 좋단다

검정 핀 말고
분홍 나비 핀을 하나
둘을 꽂아도 좋다, 소녀들아.

여자는 공주교대를 나와 초등학교 교사를 했지만, 수예와 뜨개질을 좋아했기에 가정 과목을 선택해 중등교사 시험을 치렀다. 그리고 중학교 가정 선생이 되었다.

어린 시절 여자가 일러준 노래들은 지금껏 잊혀지지 않는다. <산토끼> 노래에 맞춘 <비타민 ABCD> 노래 등 중학교 언니들 가정 시험을 위한 노래들이었다. 여자는 실습 시간이 좋다고 했다. 다른 선생님들은 "실습만 없어도 가정 선생 하겠네"라고들 했지만, 여자는 요리 실습, 바느질 실습 시간이 가장 좋다고 했다. 바느질 실습을 위해서 마리아 수예점에 들러서 꼼꼼하게 준비물을 주문했고, 요리 실습 전날에는 한옥집 부엌이 바빴다. 그러면 나와 언니들은 또 무슨 재밌는 실습을 할까 궁금해했다. 여자의 학교에 가서 나도 함께 하고 싶었다.

아이들이 바느질을 할 때, 여자는 시를 읽어주고, 꽃말을 알려주고, 그리스 로마 신화 이야기를 들려주었다 했다. 소녀들이 바느질을 하고 창밖으로는 봄꽃이 흩날리고, 새들이 지저귀면 그토록 평화로울 수가 없었다. 처음 바느질 수업을 시작할 때면, 가져온 색실들을 가지런히 놓고 색색이 댕기머리처럼 꼬아서 색실꾸러미를 만들게 했다. 그중에 가장 좋아하는 색깔의 실을 뽑아 하얀 광목천에 홈질과 박음질을 해나간다. 소녀들이 가득한 교실 안에 희고 빳빳한 광목천의 물결이, 고운 색실의 물결이 흐르고, 깔깔대는 웃음과 호기심어린 손길들이 오간다.

그러나 소녀들과 함께 꿈만 꿀 수는 없었다. 여자는 생활지도 담당이기도 했다. 귀밑머리 2센티미터, 무릎아래 치마, 뺏지는 반듯하게, 가방 속에 엉뚱한 잡지는 없는지. 가정과 여교사에게 떨어진 임무였다. 자를 들고 다니며 소녀들의 머리 길이를 재고 가위로 자르기도 했으며, 가방 검사를 해서 립스틱이라도 나오는 날이면 들고 다니던 자로 손바닥을 찰싹찰싹 때리기도 했다.

어느 날엔가 가정 시간에 한 소녀가 눈썹 깎는 칼로 손톱소지를 하고 있었다. 짝의 얼굴에 묻은 실밥을 털어주려다가 그만 작은 칼자국을 내고 말았다. 그 어여쁘고 깨끗한 소녀의 얼굴에 상처가 생겼으니 부모가 기함할 만도 하건만, 시골에서 불려온 양쪽 부모들은 멀뚱하니 교무실에 앉아 별 말이 없었다.

— 죄송해유.

— 괜찮아유. 뭐 그럴 수도 있쥬.

그게 다였다. 그걸로 끝이었다. 병원에 데려가 치료도 했지만, 그래도 여자는 속이 까맣게 탔다. 제대로 소지품 검사를 하지 못한 자신의 탓이라는 생각도 들었다. 그 이후에 더욱 소지품 검사를 철저히 했다. 귀밑머리 검사도 엄격하게 했다.

가정 시간에 아이들과 아름다운 교감을 나눈 직후라 해도, 귀밑머리 2센티미터 기준을 가지고 손바닥을 때려야 하는 현실 앞에서 마음은 힘들었다. 세 소녀를 키우는 엄마로서, 소녀들을 가르치는 선생님으로서, 아이들 앞에 부끄럽기도 했다. 언젠가 이 아이들이 자신을 날카로운 B사감처럼 기억하는 건 아닐까 두렵기도 했다. 그리고 돌아서면 마음속으로 아이들에게 말하곤 했다.

괜찮다. 소녀들아. "검정 핀 말고/ 분홍 나비 핀을 하나/ 아니 둘을 꽂아도 좋다." 머리가 더 길어도, 스커트가 더 짧아도 좋다. 푸른빛 머리 빛깔을 해도 좋다. 마음껏 꿈을 꾸거라. 소녀들아.

꿈 1

예쁜 바느질 그릇 속에 꿈을 모아두어라
오색 헝겊과 구슬과 꿈을 꿸 은바늘도 두어라!
어느 날 은바늘은 총자루로 변해 꽝꽝
너희들의 가슴을 쏘고 쓰러지는 너희들은 묻는다
"바느질 그릇이 무슨 소용이 있나요"
가슴을 가린 손 위에 번지는 핏물을 보면서도
오직 할 말
"마지막 순간까지 다독거려라"

세상은 뒤집히고, 민주주의는 간 데 없었고, 작은 고장인 공주에서도 학생들은 분기탱천했다. 작지만 공주사대(지금은 공주대), 공주교대, 간호전문대까지 대학이 세 곳이나 있는 교육도시가 공주였다. 내가 다니던 부속초등학교와 붙어 있던 공주교대가 이쪽 동쪽 끝. 강 건너 서쪽엔 공주사대가, 외곽으로 빠지던 곳에는 간호전문대학이 있었다. 도심을 둘러싸고 대학들이 하나씩 있는 셈이었다.

덕분에 1980년대 초등학교를 다녔던 우리는 대학생들 못지않게 최루탄 가스 냄새를 맡으며 그 시절을 보냈다. 학교 앞에서 버스를 타면 갑자기 퍼지는 최루탄 가스에 눈물이 줄줄, 강 건너로 돌아가는 버스라도 타는 날이면 공주사대 앞에서 다시금 최루탄 폭탄 세례. 눈물이 마를 날 없던 봄날이었다.

운동권이고 정치고 의로운 데모이고 뭐고 간에 나의 최초의 정치 성향은 '반데모'로 시작되었다. 데모는 곧 최루탄이고 최루탄은 곧 눈물 마를 날 없던 괴로운 시간이었으니까. 그러면서도 저이들이 스스로 눈물콧물을 흘려가며 그토록 열심히 던지는 최루탄 이면에 있는 생각들이 무척 궁금하기도 했다.

내가 대학에 들어갔을 땐 이미 1990년대 후반이었고 '운동권'이라는 단어는 희미해져 대학가에서 '한물간 조직' 취급을 받을 때였다. 그러나 나는 그제야 어린 시절 언니 오빠들의 최루탄 사건들이 궁금해졌고, 강석경의 『숲속의 방』이나 박일문의 『살아남은 자의 슬픔』 같은 소설을 읽으며 그 시절을 떠올려보곤 했다. 최루탄 연기에 괴로워하며 도망가던 언니 오빠들의 모습은 그렇게 공포와 환멸, 한편으론 호기심으로 내게 남아 있었다.

"예쁜 바느질 그릇 속에 꿈을 모아두어라." 여자의 바느질 그릇은 정말 꿈처럼 어여뻤다. 공주사대 가정과에서 사대부중으로 교생 실습을 나온 언니들 역시 자신들만의 바느질 바구니를 가지고 다니는 예쁜 소녀들이었다. 한창 꿈을 꿀 나이의 소녀들. 대학과 친구와 연애와 꿈으로 가득 찼을 그녀들의 바느질 그릇은 "오색 헝겊과 구슬과 꿈을 꿸 은바늘"로 채워져 있었을 것이다. 한 땀 한 땀 수를 놓을 때마다 그렇게 앞날을 꿈꾸었을 것이다.

그러던 은바늘이 "총으로 변해 꽝꽝" 그녀들의 "가슴을 쏘고" 그네들이 쓰러졌다. "바느질 그릇이 무슨 소용이 있나요"라고 묻는 그녀들의 한마디는 여자의 가슴을, 그리고 지금 나의 가슴을 짓밟는다. 이제 난 2020년대를 살아가고, 최루탄 가스 같은 건 맡아본 기억도 나지 않는데.

가슴으로 "번지는 핏물"을 붙잡고 소녀들은 울었다. 여자와 함께 교생 실습을 하고 바느질 그릇의 꿈을 이야기했던 그녀들은 대학에 들어간 후 어느 날인가, 최루탄 가스에 취해, 쫓아오는 군인을 피해 우리가 살던 금강빌라로 뛰어 들어오기도 했다. 여자의 집을 알았던 까닭이었다. 숨겨달라고 애원하는 그녀들에게 물을 주고 베란다에 감춰주는 일도 있었던 봄날이었다. 핏빛처럼 빨간 동백꽃이 피는 봄. 그녀들의 가슴에도, 숨겨주는 여자의 가슴에도 핏빛 눈물이 흘렀다.

　그렇게 아프던 1987년이던가. 어린 소녀들을 보며 여자는, 어른들은 무슨 말을 할 수 있었을까. 은색 바늘의 꿈을 꾸던 가슴에 번지는 핏빛 상처에 무슨 말을 할 수 있으랴. 오직 한마디. "마지막 순간까지 다독거려라."

꿈 2

1

개미 여자는
큰물 난 개미 세상에서 날아오르는 나방이

병풍 속 미인은
다닐 수 없는 그림 속에서 세상에 뛰어내린 학

꿈꿀 수 없는 세상에 사는 여자들은
거울 속으로 들어가는 여자 동방삭이.

2

　나이 들어가며 자꾸 꺼내보는 거울, 일어나서도 거울, 세수
하고 거울, 식사하고 거울, 길 걷다 거울, 혼자 있을 때 거울,
잠자리에 들 때 거울, 거울을 보며 그 속으로 뛰어들어 밤마다
천년을 산다.

3

꿈에 가까울수록 까치발 걷는 그림자는 작고, 꿈이 작을수
록 큰 그림자는 땅을 덮고 산다

어느 날 옷을 개듯 그림자를 곱게 접어놓고 무심천을 건너
며 날개 씻는 나비 지친 나비의 영혼에 슬픈 이승의 인연 노을
로 탄다.

여자는 딸 다섯 집 큰딸이었고, 결혼을 해서는 딸 셋을 낳았다. 또 가정 선생으로 여학교에서 근무를 했다. 여동생 넷을 돌보고, 딸들을 키우고, 여학생들을 가르치는, 그야말로 소녀, 소녀, 소녀에 둘러싸인 삶이었다.

꽃잎같이 여린 아이들을 돌보고 가르쳤지만, 어렵고 고통스러울 때도 많았다. 가끔은 무슨 일이 생겨 겁이 난 아이들이 쪽지를 보내거나 전화를 하고 다급하면 집에 찾아와 울기도 했다.

첫 생리 때 도벽 충동을 일으켜 도난 사건을 일으킨 아이를 소년원에 들어가지 않게 하기 위해 애를 쓴 적도 있었다. 남자 선생님들이 저런 녀석은 쓴맛을 보게 해야 한다고 할 때에도, 여자는 그 한 번으로 아이의 인생이 망가지지 않길 바라며 동분서주했다. 결국 무사히 학교를 졸업한 아이의 엄마는 여자에게 '낳은 것은 나지만 진짜 엄마는 선생님'이라며 눈물을 흘렸다. 데이트 폭력으로 생을 포기하고자 했던 아이를 데리고 병원에 가 진단서를 끊고 고소를 해 상대 남자를 떨어져 나가게 한 적도 있었고, 이웃집 아저씨의 아이를 임신했다며 울던 아이를 데리고 산부인과에 가기도 했다.

한 순간 한 순간 결단하기도, 도와주기도 쉽지 않은 일들이었다. 그 어느 것 하나 드러내거나, 말도 꺼내기 쉽지 않은 세상이었다. 말하면 죽겠다고 펄펄 뛰는 아이 앞에서 도저히 부모에게 말할 수 없을 때도 많았다. 어떤 때는 부모가 알아도 소문이 나면 큰일이라며 쉬쉬할 때도 있었다. 그런 세상이었다. 당한 아이들이 가엾을 뿐, 무엇 하나 해줄 수 없을 때가 더 많았다.

옥양목 45cm×45cm. 일곱 가지 색실. 가는 바늘 두 개. 이른 봄날 그렇게 가정 시간 준비물을 사러 나간 아이는 집에 돌아오지 않았다. 가출을 했을까, 트럭 운전사가 납치라도 했을까. 서너 달이 지나 장마가 지고 금강물이 불어나자 모래사장에서 그 조그만 애가 발견되었다. 우표첩을 준다고 불러낸 사

촌오빠의 성폭력이 있었고 오빠는 우는 아이를 사라지게 해야 했다. 그렇게 옥양목 천에 색실로 수 한 번 놓지 못하고 열세 살 소녀는 세상을 떠났다.

아이들은 약했고 어렸고 힘이 없었다. 소녀들이 살고, 딸들이 살아갈 세상이 좀 더 단단해지길 바랐다. 그림처럼 살고 시처럼 죽고 싶다던 여자는 꿈을 버렸다. 꿈속에선 "(거울) 속으로 뛰어들어 밤마다 천년을" 살고, 현실에선 단단하고 강인하게 딸들과 아이들을 지켜주는 나무가 되고 싶다 하던 여자였다.

내 슬픔은

비 오는 날의
내 슬픔은
네 얼굴의 빗물을
닦아줄 수 없음이라

바람 부는 날의
내 슬픔은
네 옷자락을
여며줄 수 없음이라

기인 가을날
내 슬픔은
여윈 네 손을
잡아줄 수 없음이라

이렇게 시린 겨울날

진실로 내 슬픔은
네 아픔을
함께할 수 없음이라

네 아픈 계절을
지켜보아야만 하느니
내 가슴에
진눈깨비 내린다.

고등학교에 입학하고 얼마 되지 않은 날이었다. 날카롭고 짜증 섞인 목소리의 여자 담임은 종례 시간에 편지봉투 하나를 들고 왔다.

— 수진아. 엄마가 뭐 하는 분이시니?

아직 아이들끼리 서로 친하지도 않은 때였고 50명의 아이들 앞에서 목소리 내기도 부끄러운 나이였다.

— 중학교 가정 선생님이세요.

뜬금없는 질문에 나도 얼굴이 달아올랐다.

담임 선생님에게 온 여자의 편지 한 장 때문이었다. 딸을 고등학교에 입학시켜놓고 먼 곳에 떨어져 있어야 했던 여자의 아프고도 짠한 마음. 그 마음을 표현한 편지 한 장에 교무실이 난리였다는 것이다. 아름다운 글이라고 교감 선생님이 감탄을 하며, 꼭 나를 만나보겠다고 하셨단다.

다음날, 담임 교사는 나를 데리고 교무실에 갔다. 교감 선생님이 자리에 계시지 않자, 갑자기 긴 막대기를 꺼내더니,

— 교감 선생님 오실 때까지 일단 넌 좀 맞자.

다짜고짜 허벅지를 때렸다. 중간고사 성적표가 나온 것이다.

그리고 나의 성적은 입학 때보다 형편없이 떨어져 있었다. 나름 중학교 때까지 모범생에 우등생이었는데, 성적 때문에 교무실에서 맞다니 자존심이 상해 눈물이 저절로 떨어졌다. 얼굴이 눈물범벅이라는 이유로 그날 결국 교감 선생님을 만나지는 못했다. 그리고 그 뒤로도 죽 만나지 못했다. 성적이 형편없이 떨어진 학생을 교감 선생님에게 데려갈 수는 없었던 모양이다.

학교에 보냈을 뿐 아니라, 여자는 딸들에게 많은 편지를 썼다. 나의 고등학교 시절은 여자와의 편지로 이루어진 대화의 시간들이었다. 일주일치 음식을 해놓고 돌아서는 일요일 밤이면 여자는 백지 빼곡히 편지를 써놓곤 했다. 가끔은 주중에 우편으로 편지가 도착하기도 했다. 편지 속에서 나는 여전히 '배 내놓고 엉덩이 내놓고 자는 여자의 어린 막내'였다. 비록 사춘기 시절 뾰족한 감성으로 여자의 편지에 별 반응을 보이지 않는 척 했지만, 힘들었던 고등학교 시절 나는 잠시나마 그 안에서 위안을 찾곤 했다. 여자의 편지 속에서, 그 속에 어린 공감 속에서.

초경初經

1

부푸는 꿈 조각

하나라도 흘릴까

모으고 모아 다지다가

오,

툭 터져버린 그날, 햇살

그 아픔이

물무늬 맑은 유리컵을 갖고 싶고

빨간 꽃이파리를 짓이긴다

무엇인가

무엇인가

세상 모두 들어올릴 이 분노

아예, 나는 죽음으로 갚노라

곱게 키워오던

대상도 없는 사랑

구만리 깊은 허공에서

물 밑 모를 깊이에서

나는 잠든다

서러운 꿈 조각

올올이 풀어 떠올리며

이렇게 졌노라

이렇게 졌노라

내 아픈 빛깔, 가슴에 안고.

2

부끄러운 가슴

들킨 맨살

아카시아 숲 속으로

속으로 달려가는

아릿한 그림자

- 이브의 옷

넓은 잎사귀는 어디 있는가 -

맨발에 스치는
쓰린 독풀을 밟으며
숲 속으로 속으로
늪엔 물이 불었는데……

3
어쩌나
여기도
저기도
번지는 빛깔
앉은 자리마다
번지는
부끄러운 내 몸짓
맘대로 앉을 수도
설 수도 없는
내 까치발, 발끝

에서도 묻어날까
할 수 있으면
하이얀 채로 날고 싶었는데,
어쩌나
나는 곰녀일 뿐.

4
어린 날의 소꿉놀이 위에
던져지는 원죄原罪의 낙뢰
신神이 끼워주는
구리 면류관
발자욱마다 이어갈
아픈 몸짓
이브의 행렬行列
위로 후둑후둑 비가 내린다.

5

그렇게 해서 여자女子가 되는 거란다.

휘뚱이는 디딤돌을 딛고서

거기서 넘어질 듯 울면서

여자女子는 비밀秘密을 갖게 되고

도색과 탈색을 위해 화장化粧을 하게 된다

비벼도 돌로 때려도

남는 흔적痕迹을

날 수 없는 굴레를 쓰게 된다

네 굴레를 갈고 닦으렴

일곱 번 물에 헹구어 햇볕에 말리렴.

어제는 선녀仙女 오늘은 거지처럼

다소는 허영과 오만과 간교함으로

독설과 열정과 비판으로

젊은 피를 뿌릴 수 있는 투지鬪志도 갖고

손바닥에 못 박히는 희생과 인종忍從을

잃어버린 다듬이질에 담아가며

무엇 무엇인가

한밤 촛불 아래 목 늘여 우는 절망에도 빠지며

그러나 결코 악惡에 머물러서는 안 되는 꼿꼿함

오, 그 모두를 사랑의 눈으로 바라볼 수 있어야 할 때.

비로소

인간人間 이상의 인간, 여자女子가 되는 거란다.

며칠 전. 딸아이에게 작은 피가 비쳤다. 진즉에 마음의 준비
는 하고 있었지만, 막상 한 방울, 핏빛 흔적을 본 순간 심장이
쿵 내려앉는 듯했다. 애써 밝은 표정을 하며 한껏 과장된 몸짓
으로 축하를 해주었지만, 마음속에서는 눈물이 한 방울 또르
르.

60여 년 전. 그 어느 날, 여자가 초경을 시작한 날, 여자는
부끄럽고도 부끄러워 홀로 그렇게 빨래를 해댔단다. 정체 모
르게 찾아온 손님에, 그것이 무언지 제대로 알지도 못했으나
부끄러움 하나만 남아 그렇게 속옷을 빨고 또 빨았다. 더 이상
숨길 수 없을 때 어머니에게 말했고, 외할머니는 여자의 손을
붙잡고 눈물을 흘리셨다 했다. 첫딸이 걸어가야 할 여자의 인
생에, 외할머니는 감정이 북받치셨을 것이었다. 줄줄이 낳은 자
신의 자식들 생각이 났을 것이고, 남편의 첩실, 작은부인 생각
에 가슴이 찌르르했을 것이고, 그녀를 통해 태어난 의붓자식들
생각까지도 났을 것이었다. 여자의 인생이 다 그렇고 그런 것

이려니, 자신에게는 그렇게 넘어갈 수 있었던 굴레가 딸아이의 초경을 보는 순간 떠올라 고통스러웠을 것이었다. 이 아이만큼은 자신과 같은 인생을 살게 하고 싶지 않다고 생각했을 것이었다.

30여 년 전. 나의 큰언니가 초경을 시작했을 때. 여자는 시를 썼다. 꿈 조각만 모으기에도 안타깝도록 어여쁘던 큰딸에게 "툭 터져버린" 햇살이 핏빛이 되어 흘러나온 그날. 여자는 마음이 시렸다 했다. "하이얀 채로 날고 싶었는데/ 어쩌나" "여기도/ 저기도/ 번지는 빛깔" 아기가 소녀가 되고, 소녀가 여자가 되는 과정을 지켜보면서 여자는 눈물을 삼켰다.

그리고 오늘. 나의 딸에게 초경이 찾아왔다. 나는 오래전 여자의 시를 찾아 읽고 글을 쓴다. 축하를 해주어야 한다고 이성적으로 생각하지만, 여기에 앉을까 저기에 앉을까 어디에 흔적이 남을까 두려워하는 딸아이의 안쓰러운 모습을 보면서 차마 진심으로 축하할 수 없는 나의 마음을 읽는다.

그리고 축하 대신 간절한 소망을 담는다. 더 이상 아가가 아닐 나의 딸을 향해. 그리고 또 다른 여자의 시작을 본다. 앞으로 너의 삶에 닥칠 모든 것들 — 절망과 아픔, 만남과 이별, 사랑과 고통, 즐거움과 슬픔 — 그 모든 가운데 성장하고 성숙하길. 그리고 "인간 이상의 인간, 여자"가 되거라. 딸아.

차茶

기차를 탄다

차창車窓으로 많은 역사驛舍가 스치고

눈 내리는 어느 작은 간이역

거기 내 집이 있을까

소나무 장작이 타는

내 방이 있을까

멀어져가는 모든 그림자에

손 흔들고

빛바랜 검정 외투를 벗고

투박한 사기 찻종

설탕 없는 녹차 한 잔을 마시고

긴 머리 풀고

무명이불을 덮고 눕고 싶다

내 생전生前에 그런 평안이 있을까.

이걸 먼저 넣을까

저걸 조금 더 넣을까

아니 섞어 넣고 물을 부어볼까

생활의 맛을 내는 하루의 시작 시간에

커피를 마시며

생활生活이 목숨을 타고 넘는

울컥한 기쁨

Fe의 색을 더욱 선명하게 물들이며

손끝 해변으로

파도波濤처럼 퍼져나가는 차茶 한 잔의 흥분

너무 무겁지도 않게

너무 가볍지도 않게

하루를 등에 업는다.

커피가 없으면 아무것도 하지 못하던 시절이 있었다. 그러나 나이가 들며 커피는 안 그래도 불면증이 있는 여자에게 잠을 이루지 못하게 했다. 결국 여자는 녹차를 마시기 시작했다. 물기 없이 가마솥에 말린 녹차 잎이 막 시중에 나오기 시작할 때였다. 다섯 개의 찻잔과 작은 다관이 담긴 다구 세트를 구입해 하루 두 잔 녹차를 마셨다. 커피와 또 다른 투박하면서도 맑은 느낌이 좋았다. 한창 다도에 빠지며 학생들과도 우리의 전통 다도를 나누고 싶었다.

여자는 학교에 예산을 신청해서 '예법실'이라는 공간을 꾸몄다. 가사실과는 별도로 학생들에게 전통 예법과 다도를 경험해 볼 수 있게 하는 곳을 만들고 싶었다. 처음 공주여중에서, 그 다음 사대부중에서, 나중에는 서산 부석중에서도 여자가 가는 곳마다 예법실이 생겼다. 바닥에 장판을 깔고, 두툼한 오색의 보료를 갖다 놓고, 방석도 몇 개. 벽을 장식장으로 꾸며놓고, 구절판이니 다과상도 몇 개, 가장 중요한 다구 세트를 구비해

놓으면 완성이다. 병풍까지 둘러놓고 나면 선생님들은 '아방궁'이냐며 다들 재밌어했다. 아이들은 그 공간이 신비스럽고 미지의 세계 같아서 다닐 때마다 흘끔흘끔 쳐다보았다.

한 학기에 한 번, 예법 실습날을 정했다. 미리 정성스럽게 서예 글씨로 선생님들께 초대장을 써 보내고, 다과도 준비한다. 잣불을 켜고, 다식과 전과를 만든다. 특히 찹쌀을 빚어 끓는 물에서 건져 콩고물 팥고물 흑임자고물 깨고물을 덧입히던 경단 만들기는 아이들이 가장 좋아하던 부분이었다. 여러 종류의 절을 미리 가르친 후에 준비해온 한복을 곱게 차려입고 예법실로 가면 어느 샌가 아이들은 이미 조선 시대 공주마마가 되었다.

선생님들을 앞에 두고 절을 하고, 차를 우려 한 잔씩 건네드린다. 다도 예법에 맞추어 한 동작 한 동작, 우아하게 애를 써보지만 쉽지가 않다. 몇 개의 찻잔을 왕복하며 따라야 하고,

시간을 완벽하게 맞추어야 하는 다도는 생전 처음 다도를 배우는 아이들에겐 영 어색하기만 하다. 찻잔은 달그락달그락거리고 찻잎은 너무 많이 우려 떫은맛이 난다. 받아 마신 남자 선생님들은 소여물 우린 물을 마시는 것 같다 하면서도 "이젠 시집보내도 되겠다" 하며 기특해하신다. 그렇게 한복에 버선을 신고, 찻잎까지 우려 차 한 잔 대접하고 나면 아이들은 '휴우' 공주님 놀이도 못 해먹을 일이라고들 손을 내젓는다. 그러면서도 크면 자기네들도 가정 선생님이 될 거라고도 했다.

여자는 아이들에게 말하곤 했다. 곱게 마음을 다해 올리는 절 하나는 그 어떤 표현보다도 진실된 마음이라고. 그게 우리의 전통이라고. 감정을 다 드러내지 않고 한 걸음 뒤에서 표현하는 기쁨과 감사, 그것이 예법이라고. 맑은 차 한 잔을 우려내기 위해 겸손한 마음으로 예법을 다할 때, 차 맛은 더욱 좋아지는 법이라고.

훗날 내가 공주여중 — 여자가 예법실을 만들었던 — 을 다닐 때에도 예법실의 전통은 계속 내려오고 있었고 여전히 신비한 공간이었다. 한 학기에 한 번인가 있는 예법 실습날을 여전히 모든 아이들이 두근대며 기다렸다. 누구의 한복이 더 고운가 흘깃거리고 버선까지 갖춰 신고 종종거리며 예법실로 향하던 날의 흥분된 기억이 있다.

나는 지금도 차보다는 커피를 즐기지만, 또 한복을 입어본 일은 폐백 이후 단 한 번도 없지만, 가끔씩 예법실의 두툼한 보료와 신비로운 분위기. 여자가 아이들과 함께 나누었을 향긋한 다도 한 시간과 차 한 잔의 향기를 그리워한다. 여자의 차향이 어린 예법실을 다시 들러보고 싶다.

3부

오토바이 타는
여자

베토벤의 집 1

화려한 외출을 마치고 집에 들어선다

돌집에 담쟁이덩굴이 덮은 집, 윗층의 커튼을 확인하고 계단을 한 층 한 층 내려가며 옷을 벗는다 거기 지하, 바람도 잠잠하고 온갖 빛깔을 차단한 그곳에 비로소 자유로운 나의 침상

삐걱거리는 뼈와 찢긴 살덩이를 다시 맞추고 뽑힌 머리카락을 제자리에 심으며 울음 운다 수액을 짜내며 물이 출렁인다 그 위에 음악으로 떠다니는 한 장 육신조각

물이 빠지는 날 나는 한 포기 풀이 되어 땅에 뿌리내릴까 한 줄기 연기되어 하늘에 오를까

그러나 해만 도는 또 그날, 백랍을 붓고 거리에 나서면 이렇게 당당한 나 윤회의 육신과 혼돈의 정신 베토벤의 젊음.

여자에게 시는 '정신적인 허영을 채워주는 것'이었다. 숨을 쉴 수 없이 답답할 때 숨을 쉬게 해주는 세계. 도덕과 정직과 정형화의 세계에서 도망쳐 온전한 나 자신을 드러내게 해주는 세계. 현실을 지나 시의 숲에 도달하면 그곳에서는 육신은 아무것도 아닌 게 되어버리고, "베토벤의 젊음"과 "혼돈의 정신"만 남아 자유롭게 숨을 쉴 수가 있었다.

여자는 몸이 약했다. 언제나 작고 연약했다. 기가 허해 어릴 때 자주 헛것을 보았다. 큰댁 제사에서던가 "엄마 저기 장롱 위에 소복 입은 색시가 앉아 있어"라고 했다던가. 그 후로도 여자는 자주 귀신을 보고, 자주 시름시름 앓았다. 아파서 학교를 못 가는 날도 많았다. 시간은 많고 책은 귀하고 동네에 더 이상 읽을 책이 없었다. 중학교 1학년 때, 동네에 일생의 은인이 나타났다. 나름 큰 도시였던 천안에서 책을 공수해서 트럭 비슷한 차에 잔뜩 갖고 다니며 가끔씩 홍성에 오는 책 상인이었다. 문명과 지성에 목말라 있던 시골의 학생들에게는 그야말로

빛과 같은 존재였다. 집에 있는 시간이 많았던 여자에게는 말할 것도 없었다. 그로부터 중학교 시절 내내 그 트럭 책방은 여자의 삶에 구원이었다. 『빨강머리 앤』을 최초로 번역한 신지식 선생의 첫 책들을 접한 것도 이 책방을 통해서였다. 『하얀 길』 등 신지식 선생 초기의 작품 세계를 알 수 있는 아름다운 책들을 읽었고, 『집 없는 천사』 『걸리버 여행기』 등 세계문학 전집도 이곳을 통해서 모두 접하게 되었다. 이곳에서 졸라서 산 『빨강머리 앤』의 최초 번역본은 세로줄에 글씨도 작았지만, 대를 두고 전해져 나에게까지 내려왔다. 어느 방학인가에는 <라 트라비아타> 오페라로 잘 알려진 뒤마의 소설 『춘희』를 읽고 여자는 방학 내내 열병에 시달렸다. 세상에 이런 사랑이 있고, 이런 감정이 있다니! 문학이 주는 비현실적인 아름다움에 폭 빠져 있었다.

고등학생 때에는 시내 학생들과 문학회를 만들었다. 열심히 책에 대해 토론을 하고 시도 지었다. "언젠가 우리들 중에 노벨

문학상 수상자가 나오면 좋겠어"라는 야무진 꿈을 꾸었던 시기였다.

교대에 진학한 후에는 돈키호테 같던 친구 윤석산 시인을 만나 '석초동인회'를 결성했다. 시를 쓰고 그림을 그리고 시화전을 열었다. 그때 여자는 마음껏 정신적 사치, 정신적 허영을 누렸다. 육신을 벗어나서 누리는 베토벤의 젊음, 정신의 날갯짓, 그리고 청춘의 시절이었다.

시인 2

진실은 덮어두고
　언어에 의한 역사
　언어의 유희
언어를 조작하는 자는 누구냐
　없어지는 언어, 언어, 언어
언어를 붙잡아매는 자는
　더욱 끈질긴 거짓말쟁이.

결국은 말장난. 결국은 언어의 유희. 시로 풀어내는 순간 감정은 남을까. 사라질까. 날아가 버릴까. 그래서 여자는 시를 더 이상 쓰지 않았을까. 언어의 유희에 자신이 사라져버릴까 봐. 진짜 마음의 언어는 사라지고 거짓말만 남을까 봐.

온전한 마음을, 전달하고 싶은 감정을 백 프로 글로, 시로 전달한다는 게 가능할까. 시인은 그 말도 안 되는 작업을 해나가는 사람이 아니던가. 여자는 그걸 지레 포기해버린 걸까. 고개를 돌려버렸던 걸까. 어차피 우리네 삶에 언어를 붙잡아 맨다는 건 불가능한 일. 되지도 않을 신의 영역에 도전하는 거라 아예 고개를 돌려버리고 싶었던 걸까.

나도 글을 쓰고 싶지 않았다. 아니 더 정확히 말하자면 책을 쓰고 싶지 않았다. 혼자서만 간직하고 끄적이는 글들의 파일이 쌓여갈 때에도 다른 이들에게 나의 글을 보인다는 건 두렵고도 어려운 일이었다. 어쩌면 '감히' 그럴 수가 없을 것이라 생각했다. 마음속에 있는 이야기와 그것을 쓴다는 것은 다른 일.

또한 쓰고 싶은 이야기가 있는 것과 그 이야기들을 세상에 내보낸다는 것도 완전히 다른 일. 어떻게 그것을 온전히 합칠 수가 있을까. 내 마음 속에 있는 그리움이 몇 단계를 거쳐서 세상에 나오는 순간 정제되는 억겁의 겹들을 어떻게 감당할까. 대시인, 대문호들도 그렇게 느낄진대 나같이 허접한 초보 작가 나부랭이의 글이야 얼마나 더할까. 감당할 자신이 없었다. 세상에 또 하나의 쓰레기를 내보내게 될까 두려웠다.

그러다가 어느 순간, 나는 쓰지 않는 것이 더 힘들다는 것을 깨달았다. 그래서 주섬주섬 다시 글을 쓰고 다른 이들의 공감을 기다리게 되었고, '책'이라는 형태를 빌려 세상에 내보내게도 되었다. 꼭 내보내야 할 이야기를 꼭 하고 싶은 때에 날려 보냈기에 후회하지는 않는다. 다만 또 다시 책을 내야 한다면 그보다 더 큰 두려움이 찾아올 것 같았다.

이 글을 쓰면서도, 나는 책을 쓰려 글을 쓰지 않는다. 그러나 글이 책이 되어 세상에 나가기를, 누군가에게 공감받기를 또한 바라는 모순된 내가 안에 있다. 진심을 진실되게 전하는 작가가 되고 싶다. 그게 이루어진다면 또 한 권의 책을 세상에 내도 좋겠지. 그렇게 어쩌면, 나도 진짜 작가가 되어갈지도 모르겠다. 시인은 "더욱 끈질긴 거짓말쟁이"라고 하면서도 시를 쓰고 있던 시인 여자의 모순처럼.

베토벤의 집 2

수액을 짜내며 물이 출렁인다
조용히 흔들리며 담쟁이덩굴이 커나간다

견딜 수 없어
누운 채로 핏물이 유리창을 두드린다
돌집이 무너진다
부서지는 육신
새벽
비로소 일어서는 조용한 영혼

정열을 구두밑창으로 깔고
오늘도 가난한 외출을 준비한다

혼돈의 육신
침잠한 영혼.

여자는 결혼할 때 클래식 카세트테이프 전집을 한옥집에 가져왔다. 까만색 007가방 같은 가방 속에 카세트테이프가 가득했다. 약 40개 정도였다. 짙은 쑥색의 카세트테이프에 멋들어진 영어로 쓰여 있던 알 수 없는 글씨들. 그리고 여자의 서예체로 적힌 곡의 제목들.

— 그리그, <페르귄트 조곡>

— 라벨, <물의 유희> <죽은 왕녀를 위한 파반느>

— 헨델, <왕궁의 불꽃놀이>

— 비발디, <사계>

등등.

밤이 되면 깊고 고요한 한옥집에서 여자는 간혹 이 중에 하나를 꺼내어 커다란 카세트에 집어넣고 우리에게 들려주곤 했다. 깜깜한 밤에 들려오는 오케스트라의 선율은, 그 악기가 무엇인지도, 소리의 정체가 무엇인지도 몰랐지만 황홀했다. 어딘가 아주 먼 세계에서 지금 이 순간 누군가 많은 이들이 연주를 하고 있구나. 내가 틀면 다시 연주를 하고 멈추면 그들도 멈추는구나 생각했다. 그 안에 들어 있는 이들의 세계가, 들려오는 음악의 세계가 신비롭고 경이로웠다. 우리와 함께 음악을 듣고 있는 여자의 표정은 이미 어느 먼 곳으로 가버린 듯 붙잡을 수 없었다. 깊은 밤 우리는 카세트 앞에 앉아서 오케스트라의 선율에 귀를 기울였다. 그 순간만큼은 누구도 빼앗아갈 수 없는, 완전하게 아름다운 시간이었다.

그렇게 여자는 그 육중하고 무거운 카세트테이프 가방을 아끼고 사랑했다. 그러나 우리들에게 가끔씩 들려줄 때 외에는 그 가방을 꺼낼 일이 없었다. 하루를 48시간같이 살아야 하는 여자에게, 시를 쓰는 것조차 사치라 여겼던 여자에게, 음악이 가당키나 했을까. 그럼에도 그 가방은 서울에서 이런 클래식 음악 테이프 세트를 어렵사리 구해서 소장하고자 했던, 여자의 반짝이던 시절을 기억하게 해주는 통로였다. 여자는 그것을 꺼낼 때면 보석함을 꺼내듯 조심조심, 먼지를 털어내 가며 소중히 아꼈다.

그러나 그 후로 아주 오랫동안 그것들은 여자에게 음악을 들려주지 못했다. 가끔씩 심심한 언니들과 내가 꺼내서 한 번씩 틀어보았다가 이내 다시 넣어놓곤 했을 뿐이었다.

자라면서 나는 여자가 클래식 음악을 좋아한다는 사실을 잊었다. 깊은 밤 음악을 들려주던 낡은 테이프는 기억의 먼 곳으로 사라지고, 여자에게도 그런 음악을 듣던 시절이 있었음을 알고 싶어 하지 않았다.

여자에게 베토벤이란, 바흐란, 헨델이란, 라벨이란, 삶의 다른 영역이었을 것이다. 학교에서 종일 있다가 집에 와서는 수십 번 부엌과 방안을 종종거려야 했던 시간들 속에 존재하지 않는 공간, 시간, 영역. 그래서 여자는 "베토벤의 집"을 다른 곳으로 옮겨버렸는지도 모르겠다. 자신의 삶과 영역 바깥 어딘가로.

여자의 시 「베토벤의 집」을 읽으며 지금 나는 무엇을 위해 살고 있을까 묻는다. "혼돈의 육신/ 침잠한 영혼" 공존할 수 없는 그 어느 즈음에서 40대의 엄마로서, 아내로서, 글 쓰는 이로서의 삶을 살고 있는 나. 내 작은 삶의 어느 시간에 그리 그의 <페르귄트 조곡>이 울려 퍼질 수 있을까. 내 삶의 어느 부분에 "베토벤의 집"은 존재할 수 있을까.

술 1

위에 하늘 있고
너와 나 사이 바람 불고
내 앞에 잔 하나 있어

아직은
수액이
반 넘어 찰랑이고 있으니

우리 울어도 좋은 때.

내가 마지막으로 '인식'했던 여자의 나이는 서른아홉이었다. 서른아홉이 지난 후부터는 친구들에게 "우리 엄마 젊어 보이지? 40대 같지 않지?"라고 말하곤 했다. 어린 마음에 마흔은 이제 아줌마의 나이, 중년의 나이 같았나 보다. 여자가 언제까지나 서른아홉에 머물러주기를 바랐던 나도 이미 그 나이를 훌쩍 넘겼으니 세월 참 우습기 그지없다.

한옥집에서 아파트로 이사를 가던 해, 그때 여자의 나이가 서른아홉이었다. 내가 초등학교 3학년, 여자가 서른아홉이 되던 그해. 어느 날 갑자기 아빠가 들고 온 '계약서' 한 장에 우리는 금강빌라로 이사를 가게 되었다. 그리고 그때부터 나의 세계와 환경이 완전히 바뀌었듯이, 여자의 삶도 한옥집을 떠나면서 완전히 달라졌을 것이다.

그때부터 여자의 진짜 40대가, 또 하나의 삶이 시작되었을지도 모르겠다. 빈틈 하나 없던 시어머니로부터는 자유를, 아침부터 밤까지 일을 해도 끝나지 않던 한옥집의 살림살이로부터는 편안함을 얻었을 것이다. 서양식 구조의 짧아진 동선은 여자의 다리와 허리를 한결 편하게 해주었을 것이고, 시어머니와 이웃 친척으로 늘 북적이던 한옥집과의 이별은 가족들만의 공간에서 새로운 꿈을 꾸게 해주었을 것이다.

실제로 삶은 변했다. 그리고 그 이후 여자는 종종 술을 마셨다. 물론 그전부터, 많이는 마시지 않았지만, 술을 음미하던 여자였다. 주량이 세기도 하고 술 한 잔의 풍류를 알고 즐기는 여자였다. 오죽하면 여자의 하나뿐인 시집에서 가장 많이 등장하는 제목이 '술'일까. 술 1에서 술 5까지 있을 정도니.

술을 한 잔만 해도 얼굴이 벌게지는 아빠와 엄한 할머니 덕에 한옥집에서는 술을 할 일이 없었으나 아파트로 이사 간 이후에는 집에서 종종 손님들과 함께 술자리가 있었다.

여자는 토닉워터 한 잔에 위스키 살짝, 얼음과 레몬을 띄우고 마지막으로 붉은 체리를 한 알 넣어 '진토닉'을 만들었다. 크리스털 잔에 짤랑이는 얼음 소리와 레몬 한 조각, 시원하게 터지는 탄산의 소리가 어찌나 경쾌하던지 엄마에게 한 모금만 먹어보게 해달라 한 적도 있었다. 그러면 여자는 약한 토닉워터를 만들어 우리에게 맛보여주기도 했다. 그 씁쓰레한 맛, 그 짜릿한 느낌이라니! 그것은 마치 유명한 아역 배우였던 셜리 템플이 자신의 이름을 딴 음료를 처음 받아마시던 것처럼 황홀한 느낌이었다.

여자의 진토닉은 우리 집을 방문하는 사람이라면 누구나 사랑하지 않을 수 없었다. 게다가 엄마의 맛깔나는 안주까지 함께하니 더 말할 필요도 없었을 것이다. 술을 마시고 살짝 알딸딸해지는 그 순간의 여자의 표정과 말투를 나는 기억한다. 술잔을 기울이며 인생사 허망하다는 듯한 표정을 짓던, 크리스털 잔 너머 여자의 얼굴을.

돌아가신 할아버지 생각에, 오토바이에 몸을 싣고 바쁘게 달려왔던 30대의 시간에, 잃어버린 청춘의 시간에, 아픈 시상에, 피 속에 흐르는 사라지지 않는 예인의 가락에, 여자는 그렇게 서글펐을 것이다.

안타깝게도 나는 아빠의 체질을 닮아 술이 몸에서 받지를 않는다. 그럼에도 가끔씩 술 한 잔이 눈앞에 놓이면 마시지도 못하는 술을 꼭 한 잔씩 음미해본다. 여자의 찰랑이던 진토닉 한 잔을 떠올리며.

술 한 잔에 나를.
술 한 잔에 여자를.
술 한 잔에 우리의 지나버린 청춘을.

바늘

내 반짇고리 속 실패에서
가장 질긴
다홍색 명주실 한 올과
곱디고운 연녹색 세 올로
꽃 한 송이
잎새 세 잎
놓다 말다
보듬다 풀다
십 년 세월

가는 바늘 하나 잡고
목 늘여 눈 감는 자정

아실까
그대의 대님 속
숨겨논 은침銀針 한 개

피 속을 스며 도는
작디작은 아내의 꿈 조각을.

나도 밤마다 꿈을 꾼다. "가장 질긴/ 다홍색 명주실" 뽑아
"꽃 한 송이" 가운데 "곱디고운 연녹색" 실로 "잎새 세 잎/ 놓
다 말다/ 보듬다 풀다" 밤마다 그렇게 꿈을 꾼다.

어린 시절, 아빠는 공주에서 잘나가는 남자였다. 시시때때로
해외여행을 다녔고, 골프를 치러 다녔다. 여자는 '방학 때만이
라도' 아이들과 함께하고 싶어 쉽사리 여행을 가지 못했고, 취
미 활동은 바느질뿐이었다. 아빠는 서울과 대전과 공주에서도
가장 잘나가는 옷가게의 단골손님이었고, 큰 키에 잘 어울리는
멋진 옷들을 잔뜩 지니고 있었다. 집에서 일하는 언니는 "이 집
은 아줌마보다 아저씨 옷장에 옷이 훨씬 더 많아"라고 했다.

나보다 더 멋을 잘 아는 남편, 나보다 더 옷을 잘 입는 남편
을 둔 여자는 어떤 기분이었을까. 여자는 깨끗한 옷을 두고두
고 오래 입는 사람. 아빠는 유행을 따르는 사람. 여자는 늘 미
래를 준비하는 사람. 아빠는 언제나 현재를 사는 사람. 그렇
게 달랐다. 두 사람은. 그런 면에 마음이 끌려 결혼을 했다 한
들 쉽지 않은 결혼 생활이었다. 여자는 꿈을 꿀 여력이 없었다.

하지만 꿈이 많은 여자였다. 시와 음악과, 술과 풍류와, 눈물과 그림과, 바느질과 꽃잎 하나를 수놓는 여자였다. 여자의 꿈은 모두 어디로 가버렸을까.

오랫동안 나도 꿈을 잊고 살았다. 결혼을 하고 육아 휴직을 삼 년. 미국에 와서 또 십 년을 아이만 키우고 남편을 내조하며 살았다. 내 안에 피가 돌고 있음을 잊고 살았다. 그 또한 내가 선택한 삶이니 할 말은 없다. 여자 또한 자신이 선택한 삶. 자신이 선택한 배우자에 달리 할 말은 없었을 것. 그저 "작디작은 아내의 꿈 조각"을 "은침 한 개"에 숨겨 남편의 대님 속에 넣고 꽁꽁 바느질을 할 뿐. 나의 꿈 조각을 날카롭고 아름다운 은침 속에 넣고 날개 달아 꿈을 펼칠 그때를 다만 기다릴 뿐.

그리고 지금 나는 숨겨둔 은바늘을 살며시 꺼내 반짝이는 은비늘을 뿌려가며 글을 쓴다. 아내의 꿈. 여자의 꿈. 엄마의 꿈. 그리고 나의 꿈을 뿌려가며 오늘도 글을 쓴다.

가을날 1

가을 낮엔

아침부터 저녁나절까지

왼종일

빨래를 하고 싶다

반듯하고 하얀 빨랫돌을 골라

맑은 물에

걷어올린 발 담그고 앉아

열아홉 살의 속옷과

스물아홉의 고운 색옷과

서른아홉의 온갖 허물을

비비고 헹구고

방망이질하고 헹구고

해가 다가도록 빨래를 하고 싶다

이윽고 어스름 일어서면

팔도 아프고

손은 부르트고

허리는 잘 펴지지도 않겠지만

내 영혼은

하늘 어디쯤 닿아 있을까

따스한 조약돌밭 걸어오다가

그 자리에 넘어져도

아, 아직은

젖은 빨래 한 소쿠리 안고

나는 그뿐이지만

흰 고무신 한 켤레

어둠엔 그뿐이지만

가을날엔

몇 날 며칠 빨래를 헹구고 싶다.

20대의 안개꽃 같던 여자는, 30대의 코스모스 같던 여자는, 이제 40대가 되었고, 치맛단 단단히 여민, 생활력 강한 중년의 여인이 되었다.

학교에서는 인정받는 '부장 교사'가 되어 동분서주했다. 입시며 교생 실습이며 아이들 위생에 두발 교복 단속까지 도맡아 하는 중견 여교사였고, 세 아이들은 이제 사춘기로 접어들었으며, 큰딸아이 서울 유학 보낼 준비까지 마쳤다. 큰아이를 서울로 보낼 때에는 강한 마음가짐이 필요했다. 이것은 시작이니 언젠가 아이 셋을 모두 서울로 보내고 자신과 남편도 이사를 가겠다는 장기적인 계획을 세웠고, 준비를 시작했다.

공주 원도심을 뒤로하고 강 건너 일대가 조금씩 확장되고 있었다. 여자는 일찍부터 강 건너가 발전할 것 같았다. 남편에게 그쪽 땅을 사자고 여러 번 졸랐다. 하지만 부동산이나 재테크에 관심이 없는 남편은 귓등으로 흘려들었다. 여자는 아끼고 돈을 모았다. 아이들이 커가고 있었다. 남편만 믿고 있으면 안 되겠다 여긴 여자는 더 이를 악물었다. 여자는 '뭘 좀 아는 40 대'의 여인네가 되었다.

그렇게 살다가 한 번씩 허리를 펴고 하늘을 보면 여자는 서글퍼졌다. 내 꿈은 다 어디로 갔나, 내 시는 어디로 사라졌나 싶어졌다. 돈과 아이들과 학교와 집안일에 치여 사는 삶에 자신이 갇혀버린 듯 싶어졌다.

여자는 "빨래를 하고 싶다" 했다. 아등바등 살던 하루를, 한 달을, 1년을 "비비고 헹구고/ 방망이질하고 헹구고/ 해가 다가도록" 빨고 싶다 했다. 그 안에서 생겨난 자신의 얼룩을, 허물을 그토록 빨아버리고 싶다고. "아침부터 저녁나절까지" "팔도 아프고/ 손은 부르트고/ 허리는 잘 펴지지도 않"을 만큼 "빨래를 하고 싶다"고 했다. 그렇게 빨고 나면 내일 또다시 때가 묻고 얼룩이 지겠지만.

이제 다신 눈부시도록 희게 빨아질 것 같지 않은 40대의 어느 날에 그토록 서러운 빨래를 하고 싶었던 여자였다.

드라이플라워

장미의 신비로 다가서던 봄
초록의 정열로 사랑했던 여름
쓸쓸하고 허허로웠던 가을의 안개꽃

남는다는 것
아름다운 순간들을 놓치고
까칠하게 남아있다는 것
겨울 여자의 슬픔

아직은 겨울 여자라고 믿고 싶지 않은 나이. 마흔여섯. 여자
의 마흔여섯 즈음을 기억한다. 공주에서 서울로 하나둘씩 삶
의 터전을 옮겨가던 때였다. 그 과정에서 많은 것들이 변해갔
다. 시끌벅적하고 재밌기만 하던 공주의 생활은 추억 너머로
사라지고, 언니들과 나도 조용한 서울 생활에 익숙해져 가고
있었다. 서울에서 학교를 다니고, 학원을 다니고 도서관을 다
니고, 교보문고를 가고 만화방도 가고 우리는 나름대로 새로
운 생활을 즐겼다. 이렇게 넓고 새로운 세상이 있다니 라고 생
각했다.

그러나 그 시절이 여자에게는 참으로 힘든 시간이었을 것이
다. 쉬이 받을 수 있으리라 생각했던 서울로의 교사 발령은 요
원해졌고, 그렇다고 교사를 그만둘 수도 없는 상황. 나에게 남
아 있는 여자의 40대 중후반의 기억은 회색빛이다.

주말이면 아빠와 함께 서울에 달려와서 이틀 내내 일하고
우리의 일주일을 준비해 놓은 후 다시 시골로 내려가야 하는

일상. 주중에 우리가 전화를 안 받기라도 하면 발을 동동거리던 시간들. 쉽지 않은 날들이었다. 결국 내가 고3이 되던 해 모든 것을 그만두고 올라온 것은 어쩌면 정해진 수순이었을 것이다.

무엇을 위해 우리는 모두 그렇게 힘들게 삶의 터전을 옮겨야 했을까. 무엇을 위해 여자는 또 그렇게 힘든 시간들을 보내야 했을까. 그 시절의 여자에게서 밝은 웃음을 본 기억이 별로 없다. 그리고 나에겐 여자의 웃음이 중요하지 않았다. 나에겐 나만의 세계가 이미 형성되고 있었기에 손발이 닳도록 애를 쓰는 여자의 고민과 고통이 보이지 않았다. 나는 나의 세계가 외롭고도 좋았다.

어려웠지만 그렇게 차츰 우리 가족은 고향으로부터 한 발한 발 멀어졌고 마침내 완전히 이별을 고할 수 있었다.

— 매 순간 최선을 다하려고 했어. 순간순간 최선의 길을 택해서 온 길이 지금 오늘이야. 그러니까 후회할 필요도 없고, 그저 최선의 결과구나 생각해야지.

여자는 이런 말을 자주 했다. 굳이 서울로 다 옮겼어야 했을까, 후회가 될 때마다 여자는 또 그리 스스로를 다독였을 것이다. 매 순간 최선의 선택을 한 결과가 오늘이라고. 그러니 오늘이 회색빛이어도 그저 또 최선을 다할 수밖에 없다고.

그 시절. 여자는 아팠고, 결국 자궁 적출을 한 후 교직을 그만두었다. 아빠도 역시 직장을 퇴직하시고 서울로 왔다. 그렇게 가족이 다시 한 집에서 살게 된 이후였다. 여자의 웃음이 돌아온 것은.

흔적痕迹

1
칠석날
노스님 새벽 예불이 청아한데

매디 굵은 공양주 스님은
목탁소리 따라 쌀을 일고

산소리가 설운 행자는
책장 유리를 닳도록 문지르고

차례를 기다리는 보살님네 가슴은
디딤돌 없는 시린 은하수.

2
밤새 길어 올린 물로
마디 마디 키워온 여자의 생生.
>

첫 버스를 놓치곤
동동쳐온 날들이
좀은 한스럽고
좀은 심심해
머리를 잘랐다.

바람에 뒤통수는 아문다지만
콘크리트 바닥에 잃어버린 성장成長은.

겨울 삭쟁이 옆에서
어깨가 결리다.

그해 나는 고등학생이었다. 우울하고, 외롭고, 아름답고, 섬세하던 고등학생이었다. 세상 그 어디에서도 다시는 가질 수도 만날 수도 없는 아픔과 감성이 공존하던 시절이었다. 언니들은 대학생이 되었고, 뭘 하고 다니는지 매일 바빴다. 엄마 대신 '도시락'을 싸주는 큰언니의 유세가 점점 더 거세졌고, 맘껏 놀러 다니는 언니들의 행태가 내게는 점점 더 꼴 보기 싫어졌다. 새벽같이 일어났고 야간자습 후 자정이 다 되어서야 집에 들어왔다. 집에 들어오는 길 혜화역 부근의 반짝이는 불빛과 흔들리는 청춘들이 모두 꼴 보기 싫었다. 엄마는 없고, 대학생인 언니들만 있는 집에는 들어가고 싶지 않았다.

여자는 어떻게든 세 딸들 곁에 있고자 했다. 그러나 서울로 전근을 올 수 있는 길은 점점 더 멀어졌고 학교에서의 역할은 점점 더 중요해져 갔다. 이제 부장 교사가 되어 수업 시수도 줄었고 학교생활에서 요령도 생겼으며, 시골 학교의 일상이 주는 편안함도 있었다. 그러나 세 딸들, 그것도 아직 고등학생인 막내딸을 먼 곳에 두고 있는 삶은 언제나 가시방석인 듯 마음을 저릿하게 했다. 마음의 통증은 몸의 통증으로 이어졌다. 여자의 자궁에는 혹이 생겼고, 어느 날엔가 동대문 이대부속병원에서 자궁 적출 수술을 하기로 했다.

그날 내가 병원에 도착했을 때는 이미 수술이 끝난 뒤였다. 작고 여린 여자의 몸은 평소에도 워낙에 기력이 허했던지라 쉽사리 마취에서 깨어나지 못하고 있었다. 여자는 헛소리로 자꾸만 누군가를 불러댔고, 마취가 깰 때쯤에는 칼로 배를 쨴 통증에 괴로워했다. 일곱 살 적 보았다는 "포로소럼한 저고리 입은" 처녀 귀신이 눈앞에 있기라도 한 듯했다.

여자의 자궁 옆에 붙어서 기어코 생명을 유지하며 번식하다가 결국에 여자의 자궁까지 들어내게 한 '혹'이라는 존재에 나는 몸서리를 쳤다. 간호사가 들고 나온 혹은 붉고, 아직도 여자의 몸속 열기를 그대로 지니고 있는 듯 뜨거워 보였다. 질긴 기생력과 생명력이 느껴지는 존재였다.

낯선 침입에 결국 제거당한 자궁. 그 자궁을 통해 태어났던 나. 나의 자궁의 마지막도 저럴까. 결혼을 하고 아이를 낳고 그 역할을 다하고 난 후 기생하는 존재의 침입에 힘없이 무너지고 제 생명을 다하고 만 자궁.

나는 초경을 시작한 지 채 몇 년 되지도 않았던 소녀였다. 그 날의 기억은 나에게 초경의 두려움, 그 이상의 이상이었다. 그리고 그로부터 30년이 다 지나가는 지금, 나의 자궁 속에는 아직도 그 두려움이 존재한다.

여자는 그 이후 호르몬 변화로 인해 매일 약을 먹고 갱년기를 심하게 앓았다. 어쩌랴. 자궁이 있어도, 없어도, 피를 흘려도, 흘리지 않아도, 그 또한 달아날 수 없는 굴레인 것을. 인간 이상의 인간, 여자로 살아온 굴레, 그 생의 흔적을.

술 5

여남은 살까지는
모든 것이 잘 보였는데
풀도, 여드름도, 뾰족탑도

스무 살이 되면서
흔들려 보이기 시작했지
안경을 쓰니까 잘 보이데

서른 살이 되면서
도수 높은 안경을 써야 했고

마흔 살엔 책을 읽을 수가 없어
돋보기를 썼지

이제 그것도 잘 안 보여
세상이 다 흔들려 보여
>

어느 날부턴가
술을 마시면
이렇게 잘 보이는 것을

세상도
나도
같이 흔들리면서
이렇게 잘 보이는 것을.

지금도 여자는 술 한 잔이 들어가면 목에 감았던 스카프를 풀어헤친다. 한 손에 길게 늘어뜨려 잡고 배운 적도 없는 살풀이춤을 춘다. 어쭙잖게 '뜨릉뜨르릉' 해가며 홀로 가락을 읊고, 정체를 알 수도 없는 춤은 살풀이가 되었다가 지르박이 되었다가 탱고가 되기도 한다. '지금도'라고 했지만, 여자를 실제 만난 지가 이미 5년이 되었으니 '지금'이라고 할 수도 없겠다. 그러나 여자는 지금도 그럴 게다. 이번에 우리가 만나 술 한 잔을 기울이면 여자는 또 스카프든 손수건이든 뭐든 풀어헤치고 춤사위를 흘릴 것임에 틀림없다.

어릴 땐, 아주 가끔일지라도 여자가 술에 취한 모습이 싫었다. 주책 같고, 민망하고, 알 수 없는 혼자만의 세계에 빠져 있는 그 모습을 도무지 이해할 수 없었다. 여자를 이해하기 시작한 것은 내 나이 사십이 넘기 시작하면서부터였다. 난 술은 못하지만 세상을 똑바로 보게 해줄 방법이 있다면 그것이 술 한 잔 아니라 무엇이든 하고 싶었다.

30대에는 육아에 치여, 이민 생활에 치여, 똑바로 고개를 들고 세상을 볼 수도 없었는데, 이제 40대가 되자 내가 고개 든 세상에는 보고 싶은 것보다 볼 수 없는 것, 보고 싶지 않은 것들이 더 많았다. 20대에 인식했던 세상과 너무도 많은 것이 달라져 있었다. 세상이 변한 것인지, 내가 변한 것인지 알 수 없었다.

청춘의 시절, 부모님이 '왜 이렇게 옷을 많이 사냐'고 질책이라도 할라치면 나는 이렇게 대답했었다.

— 나는 옷 잘 입고 잘 꾸미는 게 좋아요. 남들이 나를 어떻게 볼지가 나에겐 너무 중요해요.

가끔 이십 년 전 그 대답을 생각하곤 한다. 어쩌면 그런 생각을 가지고 나만의 세상에 갇혀서 평생 살았다면 그저 행복했을 수도 있었겠다고. 하지만 그렇게 발랄할 수 있었던 20대는 안타깝게도 그리 길지 않았다. 나의 30대는 치열했고 고독

했고, 그제야 나는 다른 관점으로 세상을 바라보고 돈과 부와 신앙과 나눔의 가치에 대해 생각하게 되었다. 때론 세상을 똑바로 바라보는 게 어렵다고 생각했다. 나의 가치관도 뚜렷하지 않은데 흔들리는 세상을 보려면 용기가 필요했다.

"어느 날부턴가" 나도 때때로 주말이면 맥주 한 잔을 마시고, 와인을 마셨다. 어떤 술이든 한 잔이면 충분했다. 나를 취하게 하는 데는 한 잔이면 충분했다. 슬픔도 아픔도 "세상도/ 나도/ 같이 흔들리면서" 그렇게 "잘 보이는" 데는. 나도 흔들리고 너도 흔들리고 그 안에서 느끼는 평온함을, 여자의 한 잔 세상을 나도 언젠가부터 이해하게 되었다. 비록 스카프는 풀지 않지만, 여자가 부르던 <찔레꽃> 노래를 흥얼거린다. 그 안에서 함께 흔들리고, 함께 서 있는 세상이 편안하다.

오토바이

처음엔
꽃다발을 싣고 달렸어
바람에 스카프 날리며

속도를 내다 살펴보니
한가득 책 꾸러미
아이도 셋
어느 샌가
묵직하니 오두막까지
얹혀 있네

멈추면
중심 잃고 쓰러질
운전 중

계속 속도 높여
달릴 수밖에

한세상 살다 보니 여자는 어느새 팔십 노인네가 되어 있었다. 오토바이까지 타고 열심히 달렸는데 자꾸 더 무거워지기만 했다. 두고 온 것들이 아쉬워 이제야 뒤를 돌아보았더니 거기에는 글도 있고, 시도 있고, 그림도 있고, 서예도 있었다. 안개꽃도 있었고 풀꽃도 있었다. 음악도 있고 베토벤의 집도 있었다. 닻을 올리고 떠나는 하얀 배도 있고, 희어서 서러운 옥양목천도 있었다.

아무래도 꿈같았다. 저 뒤에 두고 온 것들이 진짜 내 인생 같았다. 이제라도 꿈에서 깨어 놓고 온 것들을 잡으려 안간힘을 썼더니 뽀얗고 통통한 세 아기가 뒤에서 울고 있었다. 그래서 여자는 그냥 꿈속에 남기로 했다. 계속 오토바이를 타고 달리기로 했다. 자꾸만 무거워졌지만 이젠 내려놓을 수도 없는 책 꾸러미, 아이 셋, 그리고 묵직한 오두막까지 싣고 악착같이 달리기로 했다. 헬멧을 쓰고 치마끈을 단단히 여미고 악셀을 밟았다.

여자의 오토바이 끝에 매달린 나는 여자의 꿈속에서 말했다.

왜 오토바이를 멈추지 않았냐고.

왜 이 꿈에서 나가지 않았냐고.

왜 풀꽃을 꺾지 않았냐고.

왜 닻을 올리고 하얀 배에 타지 않았냐고.

왜 더 시를 쓰지 않았냐고.

여자는 말했다.

너희가 있는 이 꿈속이 너무 아름다웠노라고.

오토바이를 타고 달리는 순간은 힘들었지만 행복했노라고.

그리고 지금 네가 나의 글을 쓰고 있지 않느냐고.

나는 고개를 끄덕였다. 나의 글 속에 여자의 시를 담고, 여자의 풀꽃을 담고, 여자의 오토바이를 담겠다고 나는 그리 말했다. 그리고 지금은 그 꿈속에서 여자의 오토바이를 내가 타고 있다고 말했다. 여기에는 나의 아기들이 타고 있고, 나의 오두

막이 담겨 있어서 나 또한 내릴 수가 없다고, 나 또한 이 꿈에서 깰 수가 없다고. 나는 여자에게 그리 말했다. 여자가 웃으며 고개를 끄덕였다.

또다시
눈물겹다

나태주(시인)

　　우리네 사는 일에 어찌 눈물
겨운 일이 한둘이랴. 눈물은 슬프고 괴로워서만 흘리는 것이
아니라 고달플 때도 흘리고 그리울 때도 흘리고 감격스러울 때
도 흘리고 더구나 기쁠 때도 흘리는 것. 마음의 보석 같은 것.
임수진 작가가 보내온 파일을 열고 몇 페이지 읽는 순간 나의
눈에는 눈물이 고였다.

　　아, 이 시를 나는 안다. 아주 오래전에 읽은 일이 있는 시들
이다. 아, 이 시를 쓴 시인을 나는 안다. 아주 아주 오래전에 함
께 문학동아리 활동을 함께 했던 시인이다. 그때 나는 신춘문
예에 당선한 입장이고 이 시인은 아직 미등단이라서 등단을 종

용했던 사람이 바로 나다. 안 그러면 시집이라도 내라고 권한 사람이 또 내다.

이 시인의 이름은 김정임. 당시 동인지에 밝혔던 이름은 김설아. 말하자면 필명이었던 건데 그 이름 속엔 시인의 인생과 시에 대한 소망이 들어 있었다고 생각했다. 하지만 시인은 더는 시를 쓰지 않았다. 내가 보기에는 우리 동인 가운데서도 가장 개성적이면서도 고운 시를 쓰는 미래지향적인 시인이었는데 그것은 매우 애석한 일이었다.

"너무 오오래전 이야기라/ 알고 있을까 몰라.// 그날/ 은회색 참밀대/ 물살과 빛의 야살짓던 눈짓/ 강바람.// 백양나무 숲의 소살대던 이야기/ 갓 깬 배추흰나비의 비늘/ 모래의 능선이/ 어느 아침/ 갑자기 바꾸어진/ 석상/ 한 점 역사처럼/ 그마다의/ 소중스런 몸짓으로/ 뒤채였음을, 순간 빛났던가를.// 어쩜 알고 있을까 몰라.// 참아도 뛰던/ 가만한 가슴을/ 아프도록 꼬옥 모으면/ 실핏줄 선연한/ 손을." 이것은 그 당시 동인 들이 눈부신 눈길로 읽었던 시인의 「풀꽃만 아는 이야기」란 작품이다.

그러고는 그야말로 강물같이 오랜 세월이 흘렀다. 가물가물 시에 대한 기억은 멀어지고 시인과 만나는 일도 드물어졌다. 그런 뒤에 다시 만나는 시들이다. 그것도 시인의 따님이 작가가 되어 엄마의 글에 더하여 쓴 글을 넣어 새롭게 만든 책에서 만나는 시들이다. 애당초 시도 그렇지만 시인의 따님 글이 더욱 애처롭다.

아니다. 그것은 실로 놀라운 일이고 특별한 일이다. 엄마가 오래전에 쓴 시, 책장 속 깊숙이 감추어진 시들을 찾아내어 애정 어린 산문과 함께 살려내다니! 내가 아는 한 이런 일은 우리나라에서는 일찍이 없던 일이다. 이야말로 소생이고 부활. 딸에 의해서 다시 태어나는 엄마. 엄마의 시와 인생. 이런 눈물겨운 생명의 선순환이라니!

풀잎 끝에 대롱대롱 매달린 아침 이슬 같다고나 할까. 그럴
때 풀잎과 이슬은 하나처럼 어울리고 하나처럼 반짝이고 하나
처럼 맑은 눈빛을 빛낸다. 엄마와 딸의 하모니. 보기 좋고 듣기
좋다. 그도 괜찮겠다. 남의 딸이지만 내 딸처럼 믿음직스럽고
자랑스럽다. 무릇 세상의 딸들이 다 그러하지는 않을 터.

딸아, 고맙구나. 엄마를 이해해주고 엄마의 인생과 함께해주
어서 고맙구나. 이제는 엄마의 인생이 딸의 인생이 되고 딸의
인생이 엄마의 인생이 되었구나. 엄마의 길이 네 길이고 네 길
이 또 엄마의 길이구나. 그렇다면 엄마가 늙은 사람이 되는 것
도 괜찮겠다. 너의 글 속에서 엄마는 언제까지나 젊은 여인으
로, 뜨거운 가슴의 시인으로 살아 숨 쉬고 있을 테니까 말이
야.

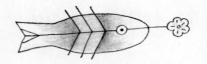

이것은 엄마라는 책에 관한 이야기다

오토바이 타는 여자

1판 1쇄 발행   2022년 11월 22일

지은이   임수진
발행인   윤미소
발행처   (주)달아실출판사

책임편집   박제영
디자인   전형근
법률자문   김용진

주소   강원도 춘천시 춘천로 257, 2층
전화   033-241-7661
팩스   033-241-7662
이메일   dalasilmoongo@naver.com
출판등록   2016년 12월 30일 제494호

 ISBN 979-11-91668-58-2 03810